à Nathalie,
ma petite sœur de pensée

LE POT DE TERRE ET LES POTS DE VIN

...et vous leur direz bien que je les emmerde !

Guilain LANTIN

LE POT DE TERRE
ET
LES POTS DE VIN

*...et vous leur direz bien
que je les emmerde !*

© Guilain Lantin 2024
ISBN: 978-2-3225-3671-9

L'histoire commence un jour de 1996. Mon Directeur met en vente son "portable", son ordinateur personnel en fait. A cette époque ces appareils sont encore très chers, et moi je n'ai qu'un vague traitement de texte. Marché conclu, si j'ai bonne mémoire pour 250 francs de l'époque. Me voilà avec un Thinkpad (IBM) dont je dois maintenant apprendre à me servir.

Je rame un peu, beaucoup...mais passionnément. Je fouille dans les divers programmes, Word, Excel, j'ai entendu parler et en fin de compte c'est pas si compliqué.

Amusant, le dirlo a laissé traîner des choses. Quelques pages d'un ancien cahier intime de sa femme. Beau début de carrière d'une commerciale aux dents longues, sommet pas encore atteint, mais le but alors avoué est "maintenant, prochaine étape, réussir à me faire épouser"

Où sont là les sentiments? Et mon dirlo qui s'est fait piéger. Pauvres gens...

J'ouvre ensuite un fichier "Sphinx" C'est quoi ça ? Apparemment un programme de gestion. Aucun intérêt pour moi si ce n'est que j'y trouve caché un fichier du personnel comportant des données très très privées. Horreur, je ne veux même pas savoir et je supprime aussi sec.

Brecht disait "quand le non-droit remplace le droit, se rebeller est un devoir".
Et je commence à être un peu plus attentif à ce qu'il se passe dans cette entreprise, privée mais bénéficiant d'une délégation de service public, c'est-à-dire que le vrai boss c'est le Député - Maire-futur Président de la Communauté d'agglomération. Nul doute que ce dernier dira tomber de haut d'apprendre cela par la presse. Classique même!

Très vite je me fais désigner délégué syndical. Affolement dans la ruche, le dirlo, très nerveux, attend impatiemment le délégué du seul, depuis toujours, autre syndicat. Les déjeuners entre eux pourraient devenir problématiques...on va éviter.

Holà, je maîtrise Excel au point de calculer qu'en fait, malgré les augmentations consenties, le salaire effectif ne bouge pas, c'est à dire que cela dénote une baisse régulière du pouvoir d'achat. Vos chiffres sont faux! hurle le dirlo. Désolé cher monsieur, mais je n'ai fait qu'entrer quelques données factuelles et c'est bien votre ancienne bécane qui a sorti le résultat!

     Peu après, un certain jour, examinant sans grand intérêt ma feuille de service, je suis pris d'un doute: ça c'est curieux alors, non c'est trop gros, ce ne peut-être qu'une coïncidence! Je me dis que, quand même, je vais y être un peu plus attentif. Bingo!!! Chaque jour c'est pareil !

Quotidiennement une double facturation existe aux dépens de cette chère ville, un peu de notre poche à tous donc.
Avec des magouilles du genre, pas étonnant que cette boîte remporte toujours les appels d'offre! Son actuel PDG est conseiller municipal, mais ce n'est que pure coïncidence. Voyons!

Faut pas aller voir le Maire avec ça...
Va étouffer le truc.

J'avise un conseiller municipal, connu pour avoir une grande langue. Yves, regarde, que penses-tu de ça? (je lui fais voir quelques feuilles de service que j'ai pris la précaution de photocopier)
Nom de Dieu,!!! fait-il.

  Il faudra peu de mois pour que mon patron se soit trouvé un meilleur emploi. Comme on le comprend, passer d'une entreprise d'environ 120 personnes à une de huit. On appelle cela "un parcours sans faute" ai-je entendu!
Ha ha, mais l'avantage est qu'il n'a plus de syndicat dans les pattes, voilà!
Le Maire peut souffler, un vent mauvais ne l'a pas décoiffé. Pas de vague il veut.

En attendant, j'avais eu affaire à un vrai-faux client. Le Maire d'un patelin tout proche avec un abonnement de bus, c'est pas normal. *Warnings* dans ma tête. Surtout qu'il essaie maladroitement de me faire tenir des propos dénigrant l'entreprise. Raté !

Nouveau patron, regard bleu acier, apparemment franc, un peu à la Macron. Illusion...
L'ambiance ne change pas, et pour tout dire elle empire.

Tiens, un beau jour je croise l'ancien dirlo. Enfin c'est même lui qui traverse la rue à ma rencontre. Dites-donc, il me sert la main chaleureusement! "Je n'ai pas eu l'occasion de vous le dire Monsieur Lantin, vous êtes quelqu'un de très intelligent" Dans certaines sociétés, secrètes surtout, il y a un code d'honneur, on sait reconnaître la victoire d'un adversaire...Respect.

Nous sommes en mars 1998. Je me demande même si ce n'est pas le jour de mon anniversaire...
De toutes manières c'est ma fête.

Je croise trois "jeunes" des "Suédois bien de chez nous", vous voyez? Et je me fais violemment agresser, coups de poings, puis, au sol, coups de pieds.

Heureusement pour moi, un gars intervient et les met facilement en déroute. Nous sommes devant l'entrée d'un petit supermarché et plein de braves gens ont suivi le match. Mais vous savez, personne n'a rien vu. Curieux non, le sous-titre de ce genre de film est immuable! Le seul courageux m'accompagnera chez un toubib. J'ai mal partout, de nombreux hématomes, mais surtout là, au pli du genou. Veine fémorale éclatée.

Un court séjour à la maison, la jambe étendue pour éviter une phlébite. Trop peu de jours d'ailleurs, mais faudrait pas accabler ces jeunes quand même, allons... mon âge à eux trois...

Tribunal pour enfants. Violences sur personne chargée d'une mission de service public. Grave normalement, au point qu'une brave assistante sociale me prend en aparté pour me demander de retirer ma plainte. Ben voyons, ce jour-là ce jeune a dû être sorti d'écrou de la ville voisine. Travaux d'intérêt général. Tranquilles. Affaire suivante svp!

Quant à moi, je n'étais pas subordonné à mon employeur au moment même de l'agression. Super!

Reprise du boulot, avec comme une petite boule à l'estomac, quand même...
La vie continue, moins agitée heureusement. Ce boulot me pèse.

Ah, à l'automne 1999, elle s'anime, si l'on peut dire. Nouvelle agression, un quidam me file quatre coups de poing au bras. Pourquoi tu fais ça m'sieur? Bon mais là je suis bien au boulot. Appel à ma boîte, démerdez-vous avec les clients moi je rentre à la maison! Un agent de maîtrise déboule. Une seule chose l'intéresse, s'assurer que personne n'a rien vu ni entendu. Pas de chance une petite vieille confirme. On se posera plus tard la question de savoir si cette agression a pu être "commanditée" non? Toubib, flics...puis passage obligé par le bureau du nouveau dirlo.

Nous sommes un vendredi en fin d'après-midi. La procédure impose, dit-il, que je sois vu par un psychiatre. Plus personne, ce sera pour le lundi...

Je la vois la psy qui me donne trois jours d'arrêt tout en estimant nécessaire une hospitalisation "dès qu'une place se libère"
De retour au travail le jeudi.
Appel de la psy le vendredi, je peux (ou je dois?) être hospitalisé dès le lundi suivant.
Savais pas que c'était en milieu psychiatrique...

Il faut informer le patron.
"Ah mais ça c'est pas possible qu'il dit, j'ai des malades, vous pouvez reporter?" Non je réponds. "Alors puisque c'est comme ça vous allez travailler encore dimanche..."
Que faire? j'y suis allé.

    Veux pas leur donner de motif de licenciement...

A peine un mois après, le tailleur fournissant les uniformes était prié de reprendre le mien: "il ne reviendra plus" lui a-t-on dit!

Hôpital de Rouffach, "centre pilote européen"! Découverte d'un autre monde. Je ne me sens pas mal du tout, et j'y suis pour mon bien m'a-t-on dit.

Ouiche ça va pas durer!!!

Dès le soir, médocs à volonté, et quoi comme merde à l'insu de mon plein gré? Des trucs pour tranquilliser les schizophrènes!!!

Je dirais avoir passé une bonne première nuit, si ce n'est que je suis shooté au point de ne plus savoir que vaguement qui je suis!
C'est pas pour moi ça, je voulais juste un peu de repos, en pouvant prendre du recul !

Mais que fais-je donc au milieu des dépressifs, des alcooliques, des repris de justice, et en général de tous les gens qui sont là parce qu'on ne sait pas quoi en foutre.
Logés, blanchis, nourris. La belle vie pour certains.

Sont pas méchants, gaffe quand même, quelques-uns sont même très intelligents. J'espère me maintenir parmi ces derniers...

Deux mois que je suis là, presque coupé du monde. Deux ou trois permissions se sont mal passées. Tout le week-end au lit la couette par-dessus la tête. Rien mangé...
Je suis devenu agoraphobe.

Au bout des quelques premiers jours, le Dr K...., la psy était venue, seule, me voir dans ma chambre.
Normalement elle vient seulement accompagnée d'une ou deux infirmières, mais là faut pas de témoins.

Elle me dit "subir des pressions terribles pour déclarer que mon état ne découle en rien de l'agression. Pour vous cela ne changera rien" ajoute-t-elle.
Suis au lit, pas bien, complètement ramolli par les médocs. Je lui dis ne pas être en état de me défendre, qu'elle fasse ce qu'elle veut après tout.

Sorti, libre...mais prisonnier des médocs. Bientôt Noël, je vais aller chez ma soeur...

Vient l'an 2000, tout peut changer les gens pensent. Pas moi, comme un brouillard permanent dans ma tête. Février, la psy me conseille un retour à l'hôpital. Encore un mois de perdu. Si encore ce n'était pas inutile, mais la vie continue...parce qu'on ne peut pas faire autrement...

Juin. C'est l'été mais je m'en fous. Convocation chez le médecin-conseil de la Sécu. Me donne pas le choix. Vous avez assez travaillé, me dit-elle, vous recevrez une pension d'invalidité.
A 52 ans...Mais c'est pas ce que je voulais, moi!

Et voilà, on s'est débarrassé du syndicaliste qui dérangeait!

J'angoisse, ne n'ai aucune information quant au montant de cette pension, sera-t-il suffisant pour m'en sortir? Peut-être vais-je devoir vendre mon appartement, merde!

"Non mais allo quoi" j'ai pas la réponse!

On m'a "conseillé" de passer un bilan de compétences. Ces gens sont très bien, vous verrez, me dit-on. Je vois, une demi-journée à me faire chier à répondre à des questions pour demeurés, mais pas en vain. J'ai un Master (BAC+5) mais on me trouve apte à postuler à un emploi de gardien d'immeuble, sans toutefois aucune garantie de l'obtenir. J'en crois pas mes oreilles. Se foutent de ma gueule ou bien?

Galère. M'emmerde. J'aimais bien bosser moi. Rebelote pour un mois d'hôpital...
Ne suis-je définitivement plus le même?
Rideau sur plusieurs années de vie.

Un jour, vois le psy. Honneur, depuis un temps, j'ai droit à un chef de service de l'hôpital.
Il me dit "Comment! vous prenez encore cette saloperie? bonjour les dégâts sur la mémoire!"
Là j'ai failli en rester coi.
"...Mais...Docteur...c'est vous qui me la prescrivez depuis des années!"

Verrai plus ce connard, oh mais pas pire que tous les autres...c'est tout dire.

      M'en vais voir un généraliste. Une femme pourquoi pas? La connais pas, mais chance! Une personne toujours souriante, et au diagnostic rapide et sûr. Elle s'appelle Claire.

Je lui dis que je suis suivi depuis des années...et que non vraiment ça ne va pas.
Lui dis ce que je prends.
Elle ouvre de grands yeux et me dit de tout jeter, on va essayer tout-à-fait autre chose.

Ah ben dites donc, rapidement je vais moins mal et progressivement je vais même mieux, grâce aussi au soutien et à l'amitié d'une jeune femme rencontrée à Rouffach.
Une fille super !

II

    L'heure de la retraite a sonné. La mienne pas celle de Russie. 60 piges, dont 8 perdues!
Mais je suis enfin vivant! Tel n'est pas le cas de cette Chère Claire qui décèdera brutalement d'une rupture d'anévrisme au cerveau un an plus tard. J'ai pleuré et je n'étais pas le seul. Elle n'avait que 45 ans et deux jeunes enfants. Ses patients aussi se sont sentis orphelins...
J'ai écrit une longue lettre à son mari, il m'a envoyé une photo de Claire avec un petit mot.

J'avais retrouvé la joie de vivre. Je ne savais pas encore que cela ne durerait pas.

Cinq ans plus tard environ, je commence à peiner pour monter les courses. Quatre étages sans ascenseur, je savais ne pas pouvoir les monter toujours, mais ça surprend quand même le jour où ça arrive. Il y aura une grande décision à prendre...et pas transitoire si possible.

Ouaouh, en ce beau mois d'août 2012 et tout-à-fait par hasard, je tombe sur une pub pour une Résidence séniors.
Justement une est en construction à W...., joli village au pied des Vosges, beaucoup de viticulteurs. Ravi! c'est justement là que se trouve celui auquel je suis fidèle depuis vingt ans!

Eté 2013. Mon nouvel appart est vraiment chouette et j'ai pris l'habitude de monter tous les jours ,à pied, au centre du village. Et même souvent à deux reprises chaque jour, imaginez!
J'ai le contact facile, un petit signe de la main à tous et des traits d'humour qui font rire ceux auxquels j'ai le plaisir de parler.
J'ai pris mes habitudes dans un petit resto sympa, beaucoup d'habitués ça crée des liens.

Petit village tranquille et sans histoires, je pensais.
Vous allez avoir du mal à me croire. Et pourtant, et pourtant...

III

Rapidement des choses bizarres se font jour, ce sont des appartements et non une maison de retraite.

Nonobstant, le Règlement intérieur prévoit « *une possibilité d'éviction si l'attitude d'un Résident venait à troubler la quiétude de la Résidence par son comportement (abus de droit critique sur le fonctionnement, expression de forme agressive sur la gestion et l'intégrité des dirigeants, propos diffamatoires sans preuve sur la gestion, manquement à la bonne tenue vestimentaire, etc…) ce Résident devra prendre contact avec son bailleur pour résilier son bail s'il est locataire, ou revendre l'appartement s'il est propriétaire.* »

C'est ainsi que l'on a intimé aux vieux de porter des chaussettes montantes avec le bermuda. Je m'en tape de leurs ordres !

Un peu plus tard j'écris un petit courriel au Maire, soulevant qu'à mon sens il commet quelques petites choses "pas tout-à-fait légales" Je venais déjà, sans le savoir, de mettre les pieds en enfer.

Le Maire-conseiller général-Vice-président de la Communauté d'agglomération en charge des transports, allait se déchaîner. Lettre de menaces de dépôt de plainte rendue publique (tout comme la mienne) avant même que le policier municipal me la remette. Un mec sympa, vraiment! Pour parodier Brel "chez ces gens-là on ne triche pas, monsieur, on ne triche pas"
Ah mais ça ne me plaît pas du tout, j'informe de la chose le Procureur de la République.

Un peu avant, mon médecin, le Dr B.W. m'avait prescrit un truc "fortement déconseillé" au regard d'une pathologie pourtant bien connue de lui. J'ai commencé à souffler en montant au village et ce m'est même devenu très pénible...
Jusqu'à ce 8 février 2014.

La veille, quelques jours après que des voitures m'ont foncé dessus (j'ai noté les dates et relevé les plaques), le promoteur me proposait une forte somme d'argent pour que je quitte "sa" Résidence, et surtout...que je ferme ma gueule. Qu'est-ce sinon de la corruption active ?
Je lui claque la porte, écœuré, et lui dis que son argent est sale.

"Connard!" me crie-t-il.

Toujours est-il que le lendemain, un samedi, me réveillant de la sieste, je tourne légèrement la tête pour voir l'heure. Et là j'ai la sensation qu'une guillotine vient de me couper en deux.

Je hurle épouvantablement, mes jambes ne répondent plus et je dois arriver à me faire tomber du lit pour atteindre mon téléphone, pourtant à une quarantaine de centimètres seulement.
J'essaie d'appeler cette amie dont j'ai déjà parlé, et qui avait une clef de chez moi à l'époque.

Pas de réponse...je ne veux pas que ma porte soit cassée, et surtout pas par les pompiers dont j'ai pu constater la complicité de l'adjudant avec le Maire et la "responsable" de la Résidence.
J'ai pas mal de papiers compromettants envers ces gens, et je suis certain qu'ils le savent.

L'amie répond enfin, elle se pointe un peu avant 18 heures. Il y a quatre heures que je ne peux plus bouger.

Appel, le Samu arrive, puis des renforts car je dois être placé dans un matelas de compression et il doivent être quatre.
Je préviens quand même l'adjudant qu'il ne sera pas utile de pénétrer chez moi, que l'on m'emmène aux Urgences.

Je ne dis rien de plus et il n'est pas censé savoir ce qu'il m'arrive n'est-ce pas?

Alors pourquoi me répond-il **"Ah mais attendez, si vous n'êtes plus valide vous ne pouvez plus rester à la Résidence"**

Qu'il savait ce qu'il m'arrivait serait pure médisance, non?

Placé dans l'ambulance, la personne qui reste auprès de moi me fait la remarque suivante: "Hé ben dites donc, il vaut mieux ne rien avoir dans cette Résidence! Quand elle nous a vus, l'employée (supposée avoir un brevet de secouriste du travail) tremblait de tous ses membres. Mais on ne lui demandait que le numéro de l'appartement!" Ah...savait rien non plus?...Re-doute...

Saurai-je un jour comment a pu se déclencher cet "accident"?

Le 8 février 2014 vers 18 heures :

Tout d'abord, étant placé dans un matelas de compression et qu'il fallait bien que les ambulanciers, au nombre de quatre, récupèrent leur matériel, j'estime que pris en charge par l'hôpital ce soient des brancardiers spécialisés qui me manipulent.

Or ce sont les ambulanciers qui ont été obligés de me transférer sur un brancard, me causant des douleurs horribles qui n'ont pu m'empêcher de hurler, malgré quoi j'ai pu entendre une infirmière crier "raidissez-vous monsieur!" Facile à dire! Au bout d'un moment, un gars en vert est venu m'a demandé l'échelle de douleur (10 mais j'aurais bien dit 20!),m'a demandé si je pouvais remuer les orteils...et subitement me dit: "hop debout! on rentre à la maison!" Je lui réponds que j'estime que ma place est à l'hôpital, sur quoi il me dit "de toutes façons on n'a pas de place"

Je dis en commençant à m'énerver: alors si vous n'avez pas de place, mettez-moi à S...., à N...., où vous voulez! Lui dis que je connais son patron. Il file la queue entre les jambes...

Attendez, si l'on en croit le site de l'hôpital, on s'occupe prioritairement du traitement de la douleur, et le degré d'urgence médicale est évalué par un médecin spécialiste de l'urgence. Or de toubib, point. Les salauds…

Vient quand même un médecin interne, toute jeune femme très gentille d'ailleurs, qui me dit, sur l'avis du gars en vert probablement *"vous savez, monsieur, on ne peut pas vous garder pour faire votre toilette et vous donner à manger"*
cela sans avoir fait le moindre examen!
Bon je passe quand même une radio (ah bravo les radiologues, ils m'ont fait rouler sur la table presque sans douleur!): pas de fracture. On me met alors sous perfusion, mais même deux doses de morphine ne font d'effet sur la douleur. Je m'endors.

Le matin, toujours dans le box, un autre gars en vert vient me dire "allez on s'assoit" je lui dis que ce m'est impossible. "Eh bien va bien falloir pourtant" et passant derrière moi, clac! d'un coup sec relève le dossier du lit. Je hurle!

Jusqu'à ce moment m'avait-on pris pour un simulateur???
Ah bien sûr quand le problème est survenu, je n'ai pas pu me mettre en complet veston (j'étais même pratiquement nu) et je ne suis pas arrivé complètement ensanglanté.

J'aurais peut-être dû pour être pris au sérieux. Toujours est-il que j'ai été transféré en médecine où j'ai encore souffert jour et nuit échelle 10 jusqu'au mercredi matin...je subodore que les mauvais traitements auront même pu aggraver ma pathologie...

Ce 8 février, une fois installé dans le box, on m'a laissé seul un bon moment, la porte entrouverte de 10 cm. Il se trouve que j'avais un besoin pressant depuis que le problème est survenu (à 14h) or j'entendais deux infirmières papoter dans le couloir,

j'ai dû appeler de plus en plus fort jusqu'à ce que l'une d'elle vienne voir, me disant que je n'étais pas le seul dans le service. **Pardon, mais ce n'était pas du tout l'impression que j'avais!**

Bref, elle m'a apporté un urinal puis laissé la porte grande ouverte. Ce détail pour en arriver à ceci:
C'est alors que l'homme en vert (qui s'est si bien occupé de moi!) est passé devant ma porte en disant à très haute voix:

"...mais j'en ai rien à foutre!... on va lui donner 150mg de Clopixol, il dormira bien, il sera content et dans deux jours il sera de nouveau là!..."

Il y avait donc bien un autre patient dans le service, mais alors pas du tout agité!

Alors moi, j'aimerais savoir qui était ce "on". Un médecin? ou alors l'homme en vert (dont j'ai appris plus tard qu'il est infirmier) avait-il accès à la pharmacie???

Pour terminer, je viens de trouver ceci sur internet:

« **D'abord ne pas nuire** », c'est le principe qui est censé prévaloir en toutes circonstances en médecine. Lorsqu'un patient arrive, il faut d'abord… ne pas lui nuire !

Il ne me semble pas que ce principe soit vraiment bien appliqué dans cet établissement, dont le personnel devrait d'abord prendre connaissance de la Charte des **droits** du patient...

La suite, en service de Médecine:
Bien traité dans l'ensemble, j'ai cependant déjà connu personnel plus souriant.

Sauf que j'ai à déplorer que n'ayant pu, en raison de mon état, me laver depuis le 8, personne n'ait pensé à venir faire ne fut-ce qu'un minimum ma toilette. Et ce jusqu'à ce que j'arrive à me débarbouiller un peu, seul, le 12 (et encore pas les pieds, impossible!) Je puais!! Inadmissible!

Plus grave: mon état m'obligeant à rester couché, ah oui je mangeais couché aussi!, j'ai néanmoins réussi le mardi midi à me redresser légèrement sur un coude.

Le soir, une infirmière (?) m'apporte mon plateau, en prenant soin de refermer la porte (?!?) et me déclare: "avec moi, vous allez manger assis" je lui réponds que non je fais ce que je peux.

Elle tire alors sèchement à plusieurs reprises sur le drap pour me faire bouger. J'ai mal, je commence à me fâcher. Elle continue: "Vous allez manger assis ou je reprends votre plateau!" Alors je gueule: « mais allez-y, prenez-le mon plateau ! (et pointant la porte du doigt) **« dégagez! dégagez je vous dis!!! »**.

Il ne serait "rien arrivé" faute de témoignages et je ne serais qu'un affabulateur. Sauf que le 8 février sous les mauvais traitements, j'ai appelé au secours mon avocat (sur son portable) il était 21h50 et j'avais été amené vers 18h !

08-02-2014 21:50:40   Voix (France)   06 ixxxx   3 min 38 s

L'appel a même soigneusement été effacé du journal de mon téléphone, probablement pendant que je dormais. Seulement il y a la facturation détaillée et mon avocat m'a confirmé par écrit que je l'avais bien appelé. Si c'était tout...
la société d'ambulances qui m'a transporté sur demande du 15 prétend qu'elle a bien été appelée mais que l'intervention a été annulée...Je me serais présenté seul à l'hôpital, sans même m'être habillé (sic)

Ma vie se résume désormais entre lit et fauteuil, ou presque...mon médecin-traitant m'a dit que j'avais eu beaucoup de chance, que **normalement je devrais être en fauteuil roulant.** Qu'est-ce qu'il savait vu que le compte-rendu de l'hosto ne fait mention que d'un simple lumbago?

Chance ou "attentat" manqué?

Parce que récemment à propos d'une émission sur le dopage des chevaux de courses, un gars dit que personne ne parlera et que, pour une connerie, **il ne veut pas finir sa vie en chaise roulante**. Un rapport avec la page précédente ?

J'ai vu, par la suite, un neurochirurgien : c'est un « **syndrome de la Queue de cheval** » il touchera pas à ça il a dit. Trop de risques que ce soit pire après…alors que le rapport d'hospitalisation ne relève qu'un simple lumbago et précise même que j'ai été reçu en consultation durant une demi-heure lors de mon admission par le Chef de service en personne qui devait être chez lui ou alors, comme à son habitude, en train de trousser une pauvre infirmière dans quelque recoin de l'hôpital…

Selon vous, qui est le Président de l'Hôpital? monsieur le Maire-Président de la Communauté...et grand pote de l'autre! Tout comme il l'est d'un office HLM où des choses pas nettes...Que des braves gens en somme...

IV

12 février 2014. Me revoici chez moi. Très affaibli, mais plus combatif que jamais.

Internet rubrique Pages blanches. Je note tous les numéros d'appel des autres Résidents, je vais organiser une réunion d'information au salon, pour l'accès auquel nous payons. Cher.

Le samedi un peu avant 16 heures, je suis prêt. Ne manque plus que l'auditoire. Pas un chat, si ce n'est la Responsable qui paraît jubiler. Je flaire l'embrouille, et en effet. Comme dans toute bonne société quelqu'un l'a prévenue de ma démarche, et elle a fait pression sur ces personnes âgées pour les dissuader "gentiment" de venir.

Je m'énerve un peu tout de même mais je ne suis pas du style à faire plus qu'un léger scandale, et la liberté d'expression, et la liberté de réunion alors? Serait-on revenus au temps de l' URSS?

Attendez la suite. **"J'appelle les gendarmes, ils vont vous ramener d'où vous êtes venu, à Rouffach!"** elle siffle.

Lettre au Commandant de Gendarmerie:

Samedi dernier 15 février vers 16 heures, la responsable de la résidence séniors de W..... a fait appel à la section de W..... sans indiquer de motif.

Deux gendarmes sont arrivés très vite (c'est vrai que ce n'est pas loin!) et la responsable a alors annoncé, me désignant, que j'avais les numéros de téléphone de tout les résidents et même des enfants!

Mon Dieu, mon Dieu! Mais quel crime!!! Pardonnez-moi mais j'en rigole!!! La responsable croyait-elle m'effrayer en faisant débarquer des uniformes pour ce motif???

Alors, la résidence est donc pire qu'une prison. On n'a même pas le droit de téléphoner à des gens qui sont dans l'annuaire sans autorisation de la responsable???

*Je voulais seulement rassembler les résidents au salon pour une information, mais voilà cela dérange la responsable et son beau-frère (le promoteur): il ne faut pas que je puisse mettre les résidents au courant de leurs **DELITS**!!! Ceci c'était pour votre information sur le contexte.*

Maintenant, le gendarme H..... (matricule xxxxxx) auquel je tendais mes poignets en lui demandant de m'emmener pour le motif précité m'a répondu:
" Si on vous emmène, vous allez voir ce qui va vous arriver"

Mais qu'est-ce que c'est donc que ce genre de pression???
En sus, me demandant mon âge (bientôt 67 ans) il ajoute: ***"Eh bien monsieur vous vous conduisez comme un gamin!"***
Permettez-moi, Commandant, mais je n'ai de leçon à recevoir de **PERSONNE.**

Je voudrais préciser que j'ai annoncé ce même jour au gendarme H.... que le sieur P.... (le promoteur et donc beau-frère de la responsable, ah oui tout se fait en famille!) accompagné de Mme V...,Directrice d'exploitation, m'avait proposé un petit arrangement monétaire pour que je me taise et que je quitte la résidence. Le gendarme m'a rétorqué: ***"Eh bien vous auriez dû le prendre et vous casser"***

Drôle de conseil pour un représentant des forces de l'ordre qui voudrait que je me rende complice de comportements que je n'hésiterai pas à qualifier de mafieux.

Par ailleurs, en fin de conversation, prenant des anti-douleurs très très puissants, j'en avais la bouche sèche et n'arrivais presque plus à m'exprimer, j'ai demandé un verre d'eau (du robinet) qui me fut refusé!
Le gendarme H.... me donnait ensuite <u>l'ordre</u> de renter chez moi, à quoi j'ai répondu que j'étais dans les parties communes de l'immeuble et que conséquemment <u>j'étais chez moi!</u>
La responsable hurla alors: "Non, ici c'est chez moi!!!" J'ai alors regagné mon appartement. Pour terminer je passai un coup de fil sur le n° d'astreinte pour signaler que le couloir du 2ème était sale, et c'est le gendarme qui décrocha...
J'en tire tous les enseignements que je veux et vous laisse libre de les interpréter selon votre conscience professionnelle.

Evidemment je ne reçus pas de réponse, mais j'appris un peu plus tard que le gendarme concerné avait "obtenu" sa mutation!

17 février 2014 à 11h45, je sors déjeuner comme à mon habitude, quand l'ascenseur arrive en sortent le promoteur accompagné de trois personnes qui ont tout l'air de barbouzes. Costume et lunettes noires en plein hiver.
Ils prennent dans un premier temps la direction de mon appartement, puis le promoteur tourne les talons, disant "non c'est par là" et prennent le couloir opposé. Malchance pour eux, à 12h35 je suis déjà de retour. En effet un client m'a déposé au passage.

Je sors de l'ascenseur quand j'aperçois un des barbouzes refermer précipitamment la porte de l'appartement (vide) contigu au mien. Petits éclats de plâtre ou de peinture blanche. Sur la moquette rouge, ça se voit!

Que faisaient-ils, poser quelque dispositif ou le retirer? La seconde solution probablement car peu de temps après cet appartement accueillit de nouveaux locataires, et je prétextai une petite fissure apparue dans le mur pour regarder chez eux. Rien, aucune trace de quoi que ce soit...

Aux alentours de Pâques, j'ai reçu une réponse du procureur. Pas sous la forme attendue toutefois. Une assistante sociale du Conseil général se présente à moi, dans le but de m'aider dit-elle (je perçois l'APA donc pas de méfiance particulière) Question, puis encore une question...je rétorque "mais qu'est-ce que c'est que ça, le CG connait déjà tous ces détails!" Elle se lève alors, répliquant "le procureur a ordonné une enquête sociale à votre sujet"

Alors moi: "Ah bon? eh bien il va m'entendre celui-là! Et vous, dehors madame, dehors!!!"

Le proc, je l'ai pas loupé. Doit pas souvent recevoir des courriers du genre que je lui ai fait!
Rien à foutre, l'est à deux ans de la retraite, avec sa tête de chien battu.

    Le Maire-conseiller général-Vice-président de la Communauté d'agglomération en charge des transports (avec son pote Président-Maire de la Ville) ne m'a pas loupé non plus.

Refus de transport public à l'intérieur de la Commune. Pour la circonstance un "Règlement" a surgi opportunément Comprenez que j'avais le droit de descendre en ville, à la Poste, à la boulangerie, etc...mais qu'on me refusait le droit d'utiliser le service public pour faire la même chose à 900 mètres de chez moi! Basse vengeance et esprit mesquin, et discrimination.
Abus de pouvoir quand tu nous tiens...méprisables zélus...

Petit retour en arrière…
Dans cette résidence, pas de boîtes aux lettres individuelles. Le courrier est disposé dans des casiers non protégés. Et il arrive, trop souvent, qu'il parvienne ouvert, ou jamais. Si si ça existe!
J'en fis la remarque un jour à une remplaçante, soupçonnant que du courrier soit détourné. Tenez-vous bien, elle me dit "ah mais c'est normal, on est responsables de la tranquillité des résidents"
Un an de procédures pour obtenir le droit de poser une boîte. Pas fini. Marre…

J'ai posé la boîte sans autorisation, et personne n'a rien dit sauf…la greffière à l'audience « Mais vous n'aviez pas le droit ! » La greffière qui prend la parole ?

En janvier 2014, augmentation de loyer de plus de 20% avec effet rétroactif, sous prétexte de l'augmentation de la TVA. Faut oser, non? Et puis "c'est pas qu'on veut vous presser comme des citrons, mais comprenez qu'il faut qu'on s'en sorte!"
Sans déconner???
Je ne suis pas vraiment sensible à ce genre d'argument, je n'ai donc pas payé cette augmentation, contrairement aux autres qui avaient été "un peu forcés" au prélèvement automatique.
Faut pas dire non à ces gens-là, ils m'ont assigné pour non-paiement du loyer…Oui oui oui!
Et comme ne suffisait pas la tentative d'intimidation, j'ai reçu par huissier un avis d'expulsion. Pas légal sans jugement…Mais c'est n'importe quoi, m'emportai-je ! « *Ah oui mais moi on me paie pour faire ça, alors je le fais* » me répond-il…

Eh bien une Juge, Sabrina B, m'a condamné à payer cette augmentation illégale. Et de plus elle a validé la TVA sur les loyers qui n'avait naturellement pas lieu d'être !

Cet été j'ai revu le promoteur, lui avais conseillé de ne plus se pointer au village, que les gens se gaussent de lui. Fallait pas fanfaronner en disant que "vous verrez, on refusera du monde" Il avait aussi déclaré publiquement qu' **"on va se débarrasser de Lantin par tous les moyens"** Moyens "Lego" forcément? Ah bah on a bien joué!

Ce jour-là, il vient me serrer la main, très fort, comme mon ancien dirlo...avant de s'enfuir au Koweït. Code d'honneur.

Il est vrai que j'avais déposé contre lui et toute la clique (zélus compris) une plainte pour escroqueries en bande organisée et association de malfaiteurs, directement entre les mains du Doyen des juges d'instruction puisque le proc ne bouge jamais.

Lui demandais aussi de vérifier les conditions d'édification de la Résidence, financée par une grande banque par ailleurs actionnaire de la société de transports publics. Aïe...
Pas eu d'écho. Fin de l'histoire?
Que nenni...
Les provocations ne cessent pas. Un matin, je trouve collée sur ma porte une feuille comportant, en grand, les paroles d'Audiard: "Les cons ça ose tout..."
Peu après, une lettre d'insultes et de menaces de dévoiler aux résidents mon passé psychiatrique. Comme si ce n'était déjà pas fait!   Sauf qu'ici il n'y a aucun doute sur l'auteur de la lettre.
Normalement une lettre anonyme signée, c'est pas une histoire belge?

Plainte. Sera classée sans suite par le proc, fallait s'y attendre...

Entretemps, j'ai été reconnu handicapé à +80%, neuf mois après que mon dossier fut déclaré complet. Oh là là, on vous a oublié, m'a dit la secrétaire. Oublié? On va les croire quand la MDPH dépend du Conseil Général.
Encore une fois merci monsieur le Maire-Conseiller Général, trop "touché" de vos bienveillantes attentions.

Jamais pu prouver quoi que ce soit, mais il n'est pas interdit de se poser des questions. Est-ce l'air que les gens respirent dans cette Résidence qui est mauvais? Car la santé de tous ceux qui y entrent décline rapidement, trop rapidement.
Des personnes encore bien vaillantes sont vite contraintes au déambulateur. Quelques-unes sont déjà décédées, dont la propre maman d'une adjointe au Maire de la ville, en quelques mois...les plus fragiles peut-être, mais rien que de très normal pour des personnes âgées n'est-ce pas?
Sauf que je ne suis pas le seul à l'avoir constaté!!!

V

Octobre 2014.
Vous voulez que je parte? vous allez être servis. Je prends attache avec l'un des rares propriétaires indépendants. Affaire entendue, je vais déménager le dimanche 30 novembre sans que personne soit au courant. Je n'aurai plus la belle vue sur le vignoble, snif...
Mais c'est que les deux taulières n'ont pas aimé ça. Elles avaient déjà annoncé à la cantonade mon expulsion. C'est un peu embêtant pour elles il est vrai, que mes yeux et mes oreilles soient encore là.

Le lundi je m'avise de changer la serrure. Car c'est qu'elles ont un exemplaire de chaque clef ces... C'est "obligatoire" pour des raisons de sécurité voyez-vous.

Ce ne serait pas si grave si elles respectaient la vie privée des gens, mais non ces braves dames sont chez elles et entrent dans les appartements. Que vous soyez là, même nu, ou pas d'ailleurs!
C'est une "violation de domicile" et une "atteinte à la vie privée" et c'est dans le Code pénal.
Mais elle en ont rien à foutre, copines avec le Maire, le proc, et qui sais-je encore...

Bloquée à mort la vis, ou collée? il faudra appeler un copain qui a l'outil adéquat (tournevis à chocs) mais il ne peut pas venir de suite, et moi je crains une visite importune en mon absence.
C'est qu'à ce moment j'ai encore chez moi tout un carton de preuves, et ça se sait...

Mardi 2 décembre, p...il faut que je descende en ville. Elles le savent puisqu'il y a une audience contre leur boîte au tribunal. Emmerdé je suis!
Depuis un certain temps, je ne peux presque plus me déplacer qu'à l'aide de ma monoplace Ferrari rouge (un tricycle électrique en fait) Je me rends à "l'accueil" et réclame ma clef.

"J'ai pas de clef" dit la blonde. Oh mais bien sûr...ma-clef-s'-il-vous-plaît! Bref aller-retour au bureau. "Attendez j'en ai une, je vais voir si c'est la bonne" Je demande "quel numéro elle a?"
"Ya pas de numéro, vous restez là je reviens!" "Rien du tout je vous accompagne!"
Nouveau bref aller-retour au bureau. Elle me montre alors une légère coupure au pouce. **"Regardez ce que vous m'avez fait, cette fois-ci mon vieux vous êtes foutu!"**

Mon problème de serrure n'est toujours pas réglé, et là il faut que je parte. J'entrave l'ouverture de ma porte avec mon tricycle.
Tout juste la place pour passer un bras et mettre le frein moteur. Près de 60 kg, bougera pas. Photo.
Lorsque je reviens, je mets mon téléphone en mode vidéo avant d'ouvrir ma porte, doucement. Elle s'ouvre facilement.
Les salopes ! elles sont arrivées à pousser le tricycle. N'ont pas pu aller bien loin, j'avais aussi fermé à clef la porte du salon, puis encore celle de la chambre!

Z'avaient pas pensé à ça les gonzesses !

Le soir même, mon propriétaire au téléphone, inquiet. Qu'est-ce qu'il s'est passé? Il a reçu un courriel de la société expliquant une "agression" de ma part suivie d'un arrêt de travail de 10 jours!

      Mercredi 3, 11h55. Coup de fil à l'accueil "je viens chercher ma clef, que ça vous plaise ou non!"

Du fond du couloir j'aperçois l'autre taulière revenir précipitamment au bureau.

Derrière la vitre, la première me fait comprendre par gestes qu'elle est sourde et aphone. Mon téléphone en mode vidéo. Je demande "et l'autre là, cachée derrière la porte, elle n'entend pas non plus?" Puis soudain "Mais au fait Mme G...mais vous êtes en arrêt de travail!"

Miracle elle retrouve sa voix.
"J'ai des responsabilités!" Je filme toujours et dis "Ah, mais je comprends!"

Surgit l'autre de derrière la porte, le visage défiguré par la haine, ce qu'il faut dire ne la change pas beaucoup. Tout en vociférant à deux doigts de mon nez, elle m'arrache le téléphone de la main et le fracasse au sol. Elle tente de me prendre ma canne, que je ne lâche pas...Puis dans un mouvement peu réfléchi, elle effectue une rotation et perd l'équilibre. Boum au sol! Gémissements. Et l'autre qui hurle "ça saigne ça saigne!!!" (ce qui est faux bien entendu)

Puis au téléphone "ma collègue vient de se faire agresser par un résident, Il est complètement bourré, j'appelle une ambulance!"

Puis ajoute "les gendarmes arrivent vous restez là:" Rien à foutre des ordres de cette conne, je rentre chez moi. Les "bleus" sauront déjà me trouver.

Très juste, vingt minutes plus tard ils sont là. Très jeunes.

Courtoisement, l'un d'entre eux me demande si je consens à souffler dans l'éthylomètre. Et merde, je viens justement de boire une gorgée de vin. Je le lui dis, tant pis, on verra bien.

Je crache mes poumons dans le bidule. Cata !!! Pas pour moi, pour les deux nanas! le truc indique 0.00!
Ma vie va, enfin, devenir plus paisible. Je croyais.

Gendarmes. Convocation à la brigade pour audition libre. Encore heureux...
Le jour dit, j'y suis à la brigade. Je serai entendu par le même gars qui avait pris ma plainte pour injures et menaces.
Il m'aime pas, vu que j'ai dû le remettre en place à au moins deux reprises. Se prenait pour le proc voire pour un juge d'instruction le jeunot...
Aujourd'hui il va me faire ma fête, pense-t-il...il va déchanter.
Top départ. Il me lit mes droits. D'emblée j'annonce la couleur.
"C'est bien une audition n'est-ce pas? Veuillez d'abord noter que je ne répondrai à aucune question. Ensuite j'ai préparé une courte déclaration, que je vais vous lire, lentement, et que vous allez recopier bien gentiment" (je pianote avec les doigts)
Oh mais il aime pas ça mon gars, il devient vert.

Quand je vous disais que j'avais annoncé la couleur...mais là il a pas le choix!

Deux heures dans ce burlingue, y compris pour les photos anthropométriques et la prise d'empreintes. J'ai terriblement mal au dos, mais lui a des valoches bleues sous les yeux.

Je rentre et j'aperçois la taulière qui tire une tête pas possible Un décès dans la famille? Ou déjà un coup de fil des copains pour dire que cela ne s'est pas passé aussi bien que prévu?

Nouvelle lettre au Commandant:

J'ai le regret, une nouvelle fois, d'attirer votre attention sur le comportement à mon sens inexcusable de certains personnels.
En l'espèce la présente vous fait part de celui du gendarme M...   (COB W.....)
Je reconnais n'être pas "bien vu" des forces de l'ordre, et même de Monsieur le Procureur de la République, probablement parce que j'ai le culot de déposer des plaintes contre des gens "favorablement connus"

J'ai mon franc-parler et cela ne plaît pas, pour autant cela fait-il de moi un délinquant potentiel?

Ayant été victime début décembre 2014 d'incitations à la violence suivies d'agression à mon encontre, J'ai appelé à plusieurs reprises la compagnie de W..... pour solliciter que l'on vienne à mon domicile recueillir mes déclarations. Ce me fut refusé.
Monsieur M... me signala que de toutes façons il avait à me convoquer vu que "ouais vous avez écrit à la Mairie et au Commandant!"
Pardon? Quelqu'un a-t-il pu relever le moindre délit dans mes écrits? Eh bien, si oui, j'assume toujours mes paroles!

Par ailleurs ayant aussi demandé à parler au Commandant de brigade pour que l'on vienne prendre mes plaintes, celui-ci ne fut pas plus aimable et me signifia d'avoir à me déplacer...

Ce serait volontiers, mais voyez-vous je suis handicapé, est-ce pour cette raison bien connue que l'on ne facilite pas les choses??? Ce serait alors de la discrimination!!!

Ce 20 mars, convoqué, il a bien fallu que je m'y rende car, m'a-t-on dit la gendarmerie n'a "plus de cartouches d'imprimante", 3/4 h de transport, l'accès au bâtiment non aux normes handicap, puis plus de deux heures sur un tabouret de dactylo inconfortable au possible (c'est prévu pour?) Monsieur M... me lit mes droits, dont celui de quitter la brigade à tout moment. Je lui réponds que ça tombe bien car "dans une heure je m' "éclipse" (il y en avait une ce jour-là)

Il ne goûte pas la plaisanterie, c'est son problème, a-t-il pour autant le droit de me dire que "non non vous serez encore ici, bien à l'abri" Si je résume bien j'ai le droit de partir, mais s'il le veut bien???

Ensuite, il exige une "pièce d'identité" qui ne peut être que la carte d'identité, ou le passeport, ou encore le permis de conduire" affirmant même que la pièce que je lui présente n'est pas valable en ce qu'elle ne comporte pas mon lieu de naissance (haha!) Il persiste dans son erreur, demandant même la confirmation à sa collègue OPJ. Celle-ci me répond sèchement. Je la prie de me parler sur un autre ton, et elle me répond alors "eh bien Monsieur votre comportement ne me plaît pas!"

Ben voilà justement je ne cherche pas à plaire! C'est quel article du Code pénal???
Je me permettrai en outre de faire remarquer que l'on doit <u>décliner</u> son identité, donc la présentation d'une pièce n'est en aucun cas un passage obligé.

Par ailleurs, j'aimerais bien (sans aucune prétention) que l'on ne prenne pas pour plus idiot que je ne suis. En effet, au début de ma déclaration, j'ai fait remarquer que date et heure précises étaient restées en blanc sur la convocation.

A quoi Monsieur M... sans se démonter me répondit que c'était "parce qu'ils étaient venus un dimanche et n'avaient pu accéder à l'immeuble" Alors une sonnette ça sert à quoi???
Ensuite, j'ai oublié de le signaler, la convocation <u>doit</u> obligatoirement comporter le jour et le lieu supposé de la prétendue infraction. Ce n'est pas le cas non plus!
Enfin, la prise d'empreintes (à laquelle j'ai préféré ne pas m'opposer) ne peut avoir lieu que, entre autres, dans le cas de violences <u>volontaires</u>..

Il y en a eu, certes, mais elles n'étaient pas de mon fait (et dans le cas de Mme L... il s'agit même d'automutilation.

Légère, une petite coupure faite avec l'ongle, ce qui a entraîné une incapacité de dix jours...Elle pouvait travailler mais pas subvenir à ses besoins essentiels comme se laver, etc... Ce toubib est à recommander, pour sûr!

Pour suivre, je n'ai pas du tout apprécié, et le lui ai dit, que parlant d'un certificat de mon médecin-traitant, il me déclare "ah bon vous en avez encore un? parce que vous avez déposé plainte contre deux médecins!"
Je l'ai prié de ne parler que de l'affaire pour laquelle j'étais venu, ce en quoi personne ne pourra me donner tort.
Ensuite, j'avais mis en annexe une photocopie de ma carte de handicap, et il m'a déclaré "qu'elle n'était bonne qu'à se torcher le cul!" Elle porte le tampon de la Préfecture, Monsieur le Préfet serait ravi de l'apprendre!

Pour terminer, il m'a présenté ma déclaration pour signatures, et était stipulé que "j'avais suivi les gendarmes de mon plein gré et déclarais n'avoir pas subi de contrainte durant le transfert" (à peu près)
Je le fais remarquer, et Monsieur M... m'explique alors qu'il ne comprend pas comment s'est imprimé autre chose que ce qu'il avait à l'écran.

J'ai profité de ma présence dans les lieux pour déposer une plainte dont la qualification est "violences commises par un agent chargé d'une mission de service public sur personne vulnérable"
Et Monsieur M... me rétorque "ah bon parce que vous êtes vulnérable?" Moi je dis maintenant: ça suffit !!!
Ceci dit il me donne l'autorisation d'appeler un taxi, le temps qu'il arrive les empreintes seront faites et il aura trouvé la qualification. Mais Monsieur M... c'était la bonne! Pour couronner le tout, il a fallu recommencer la prise d'empreintes à trois reprises, si bien que le compteur du taxi continuant à tourner cela m'a coûté 17,90€ pour aller à 2 km...! Qu'on me les rembourse, j'offrirai alors quelques cartouches d'encre à la brigade...
Je n'avais pas d'autre solution pour rentrer chez moi, vu le mal de dos insupportable. J'ai encore toujours mal maintenant, et n'ai d'autre remède que de m'y passer une crème anti-inflammatoire, ce qui m'est pourtant <u>absolument proscrit!</u>

Une petite note favorable pour le jeune gendarme appelé par Mme L... début décembre 2014, parce qu'un" type complètement bourré l'avait agressée" Très courtoisement il m'a demandé de souffler dans l'éthylotest lequel s'est avéré absolument négatif (0.00)

Désolé d'avoir dû être aussi long, Monsieur, mais comprenez que certaines fois il y en a "ras la patate" des comportements abusifs des forces de l'ordre. (La police c'est pire, surtout à C.)

De l'eau a coulé sous les ponts, mais moi je vais pas très bien.
Moral d'enfer, mais alors pour le reste...

J'ai évidemment changé de médecin, je lui ai écrit à l'autre, il m'a téléphoné, suppliant que je vienne le voir, que je n'aurai pas à payer la consultation, qu'on trouverait un arrangement, mais surtout se lamentant de ne pas être assuré.

Un toubib pourtant reconnu se comportant comme une larve...

Pourra pas plaider l'erreur, trop d'éléments convergeant vers la faute intentionnelle, c'est-à-dire une atteinte à la personne. Surtout qu'il a reconnu par écrit avoir été « averti » à plusieurs reprises par les gendarmes de mon comportement. Que lui a-t-on demandé ? Au téléphone il m'avait d'ailleurs dit « Regardez le bordel que vous foutez là-haut ! »
Radiation de l'Ordre. Clap de fin de carrière. Pas brillant!
C'est pas encore fait, mais c'est ce qui l'attend.

VI

Décidément les femmes nous sont bien supérieures, mais je ne suis depuis très longtemps plus de ceux qui sont à convaincre.

Ma nouvelle toubib s'appelle Pauline, une jeune personne vraiment gentille et sensible. Et jolie en plus! Extrêmement compétente cela va sans dire. J'ai en elle une confiance absolue.
Elle doit souvent s'interroger à mon sujet. J'ai des symptômes de maladies très graves, létales à court terme même, mais au vu d'examens multiples, elle m'affirme que je n'en suis pas atteint. Vraiment de quoi se poser des questions.

Résultats faussés comme les analyses qui suivront?
Cela devient aujourd'hui si évident!

Depuis que je ne monte plus chaque jour au village, c'est un traiteur qui me livre mes repas à midi. Toujours le même.
Récemment, je l'ai entendu échanger avec la taulière un bonjour réciproque bien trop chaleureux pour être honnête.
J'ai cessé immédiatement avec lui. Surgelés et conserves "*only*"

Vous avez deviné? "Bon sang mais c'est bien sûr!"
Depuis longtemps, je naviguais sur internet, dubitatif, et sans être le moins du monde parano ou hypocondriaque.
J'ai soupçonné dans un premier temps une intoxication au cadmium. Métal lourd. Prise de sang qu'il faut refaire le lendemain vu que l'infirmière s'est « trompée de tube » Taux normal pour un fumeur, mais je ne fume pas. Doute.
Une semaine après et sans rien dire à personne, je descends en ville, nouveau prélèvement et autre labo, à mes frais forcément. Le cadmium quitte vite le sang pour se fixer dans les muscles, pourtant le taux s'avère être de 51% supérieur!
En toute logique la première analyse était faussée.

Précédemment, chez le même traiteur, j'avais trouvé, bien dissimulé à l'intérieur d'une grosse moule, un morceau de coquille (taille réelle 17x18 mm !)

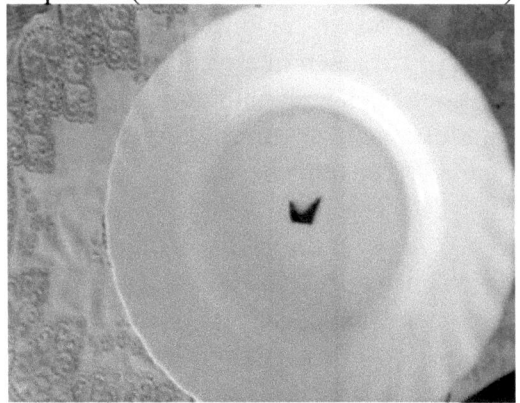

dont la découpe ne pouvait en aucun cas être naturelle. Avalé il aurait pu causer une perforation mortelle.

Une autre fois, bilan cardiaque à la **clinique**. On me pose une perf, glucose soi-disant. M'endors...au réveil je constate la trace d'une intraveineuse. Prise de sang on me dit. Pendant mon sommeil? Tout va bien?
Sauf que dans le couloir je vois le chef de service des Urgences **de l'hôpital public**. Qu'y faisait là ce connard ???

En dernier je pouvais soupçonner une absorption massive de glutamate monosodique, un exhausteur de goût.

Pour couronner le tout, j'allais oublier qu'un pharmacien m'avait livré un flacon de gouttes homéopathiques qui avait manifestement, et précautionneusement, été ouvert. Pas touché.

Ai-je besoin de vous dire que je vais bien mieux? Quelqu'un a-t-il pensé une seconde que j'étais dingue?
Ah quelqu'un de fragile aurait pu le devenir. Je leur ai dit savoir qu'ils ne cherchaient qu'à m'envoyer les "blouses blanches".

Me serais retrouvé à Rouffach, aux mains de criminels, et n'en serais jamais ressorti.

Juin 2015...suis passé au Tribunal en tant que prévenu. Le proc avait requalifié l'arrêt de travail en "incapacité" et celle-ci ramenée à huit jours! Il reconnaissait de la sorte explicitement le caractère abusif du certificat médical !

J'y suis forcément allé avec mon scooter électrique, et lorsque la Juge (déjà ma « Bibiche » dont je parlerai plus loin) m'a appelé et que je me suis avancé sur mes trois petites roues, son cou s'est allongé vers l'avant et ses yeux écarquillés.

Elle a reconnu ne pas comprendre comment un handicapé pouvait avoir commis ces agressions...mais m'a condamné.
La substitut s'est étonnée que je ne sois pas handicapé du cerveau.
Sous peine d'outrage, je n'ai pas pu vertement lui demander si pour elle les deux allaient forcément de pair...bécasse!

Il n'est d'empire qui ne s'écroule un jour. Celui-ci est particulièrement malfaisant, faisant appel à la pire corruption qui soit, celle des professions de "santé", les mieux placées pour dégrader la vôtre jusqu'à mort naturelle.

Comme l'on dit dans le Midi : **« Pousse-le du côté qu'il va tomber »**

Récemment j'ai mis les pieds à la Mairie, le premier magistrat du village est rentré précipitamment dans son bureau en me voyant.

J'ai demandé à l'employée
"Il a beaucoup maigri monsieur le Maire, c'est pas de ma faute au moins?"

"Non non" qu'elle dit.

Je finis "Vous savez je n'en serais sincèrement pas désolé!"

Si nous sommes encore en République, pas celle des copains et des coquins, il faut garder espoir.

Je n'ai pour ma part pas grand mérite: l'honnêteté, le sens de la Justice et d'un certain devoir, de l'intuition, quelques bonnes notions de Droit, du courage. Certains diront de l'inconscience et ils ont peut-être raison. Disons alors l'absence totale de peur.

J'ai échappé au pire, une balle dans la tête. Imaginez, j'aurais été emmerdé toute ma vie avec un trou de balle pour mourir avec deux, ç'aurait été chiant.

Le 9 octobre 2015, je viens d'apprendre le licenciement de la "responsable", pour "racket" des Résidents d'après ce qui se dit au village. Mais celui-ci était organisé...des "prestations" sans justification étaient bel et bien facturées depuis toujours par la société de gestion! Fusible?

Comme un "malheur" n'arrive jamais seul, je sais aussi que des pressions et mises en garde furent adressées à mon nouveau propriétaire par la Mairie.
Y aurait-il pas comme une complicité malveillante, voire des intérêts non avouables???

Tombent les dominos, l'un après l'autre...
*

Ma Chère toubib, Pauline ne se doutait peut-être pas de l'importance de son soutien. Qu'elle soit consciente de mon immense gratitude. Elle m'a soigné, et soulagé très souvent avec bonheur et sera restée fidèle à son serment.
Sauf qu'aujourd'hui je suis persuadé qu'elle faisait partie de cette bande de crapules et que mission lui était donnée de me rendre amoureux afin de recueillir des confidences qui seraient utilisées pour me nuire. A l'instar des Francs-maçons, dont le sizenier qui, à défaut pour une personne désignée de pouvoir exécuter un ordre du type « Fatwa », sera chargée alors d'une mission de renseignements obtenus « en toute confiance »
De ce côté-là, je serai tombé dans le panneau les pieds joints…

VII

DEUXIEME PARTIE:

Nous en étions restés au licenciement d'une des mégères...

L'autre a suivi en février 2016, mais est partie sans faire de bruit. J'ai quelques bonnes raisons de croire qu'elle serait "très liée" au Maire. De la famille ? Allez savoir.
En fait la première avait peut-être poussé le bouchon à son avantage personnel c'est possible, mais la "Société de gestion" était au bord de la faillite aussi...pensez, un taux de remplissage de 50% au bout de trois ans...elle devait tenir neuf ans pour pouvoir la transformer en Appart'hôtel.

C'est bien ce qui était, et est toujours, prévu. Aucun appartement n'est aménagé pour des personnes à mobilité réduite, plein de normes de sécurité n'ont pas été respectées tel le carrelage glissant des salles d'eau, témoin de nombreuses chutes aux conséquences graves.

Aussi une nouvelle équipe a pris le relais, par laquelle j'ai vite appris, à propos des deux taulières **"qu'on ne leur avait pas demandé d'aller jusque-là"** , avec à sa tête un grand gars, médecin retraité de son état. Sympa et apparemment de bonne volonté, mais probablement pas la carrure ni les compétences pour s'acoquiner à ces financiers vérolés et éviter d'être à leur solde.
Nouvelle équipe, mais ambiance toujours aussi merdique. On a rendu les gens méfiants, médisants, et rares sont ceux qui se parlent encore si ce n'est pour déblatérer les uns sur les autres...
Même les jours de fortes chaleurs, personne au salon, pourtant seul endroit climatisé...

En attendant, moi j'étais passé en Correctionnelle d'appel.
Tenez-vous bien: Con et damné à la fois (aussi à leur verser des dommages et intérêts) sans aucune preuve, ou plutôt si, en guise de:

Les gendarmes, arrivés "très vite" sur les lieux, ont constaté que Mme B. était couchée sur le sol. Et, "l'entourage" de Mr Lantin confirme unanimement le caractère violent de celui-ci"

Un casier à 69 ans, moi qui n'ai eu que trois ou quatre contredanses pour stationnement au cours de ma vie ! Bande de sagouins, tous autant qu'ils sont !

J'ai publié, sur *Mediapart* on peut le dire, une lettre ouverte, avec la correction qui sied, à la Juge.
Lettre ouverte à une Présidente de Cour.

Madame,

Lors de l'audience correctionnelle d'appel à laquelle je comparaissais comme prévenu, vous m'êtes apparue intelligente et avoir bien saisi l'affaire qui était soumise à votre appréciation.

Vous m'avez d'emblée affirmé avoir lu la totalité des 47 pièces que je produisais pour ma défense ainsi que mon pamphlet.

*Avant de me voir, vous ne saviez si vous auriez devant vous un psychopathe, auquel cas vous auriez ordonné une expertise psychiatrique, **ou si cette affaire était très grave**.*

Vous avez d'emblée écarté la première hypothèse et, pendant une heure j'ai répondu calmement à vos questions, lesquelles portaient d'ailleurs exclusivement sur mon livre, allant même jusqu'à vous interroger sur le sens du nom commercial de l'imprimeur...

*Si vous aviez tenu compte de, ou peut-être avoir seulement lu, mes annexes comportant des témoignages sans ambigüité, **vous ne pouviez que me relaxer**.*
Vous n'avez par ailleurs pas rendu votre verdict sur le champ, ce qui vous laissait encore le temps de la réflexion...ou celui de céder aux pressions qui n'auront pas manqué?
***Vous avez**, Madame, **condamné** une personne âgée de 69 ans, **handicapée** et ne pouvant plus se mouvoir par elle-même,*

pour des violences à l'égard de deux femmes bien plus jeunes.

*Les attendus ne comportant **aucune preuve** sont la honte de la Justice que vous avez rendue, une telle décision serait encore pardonnable (quoique) à un jeune magistrat risquant sur une **affaire politique** toute sa carrière.*

Mais vous, Madame, pourquoi avez-vous de la sorte manqué de courage? Sachez cependant que je ne vous conserve aucun ressentiment personnel.

Je suis un lanceur d'alerte. Le Haut-Rhin, bastion "républicain" n'est que le repaire d'une pègre sans foi ni loi. Son opposition n'est qu'une façade en trompe l'oeil. Tous sont complices!

***Je dérange, et on a voulu me faire taire** en salissant mon honneur et en me "lynchant" socialement et financièrement.*
Eh bien, Madame, je vais l'ouvrir encore et encore !

Le procureur, aujourd'hui à la retraite (ou près d'y être) est le déshonneur du Parquet. Il ne requiert pas d'informations, il ordonne à la police et à la gendarmerie que celles-ci soient conformes à ce qu'il attend, c'est-à-dire allant dans le sens des instructions des politiques.

Comment se défendre puisque certains avocats se dévoient de leur serment sous les pressions?

J'avais très justement sollicité le dépaysement de cette affaire sur la base des articles prévus par notre code de procédure pénale.

Le Procureur général me l'a refusé, c'est une chose.

*Mais vous, Madame, en ne prononçant pas ma relaxe, **vous fermiez surtout la porte à la suite de mes plaintes pour dénonciations calomnieuses et à tout ce qu'elle entraînerait dans son sillage. On appelle cela "étouffer une affaire" me semble-t-il?***

Tant qu'il me restera un souffle de vie, cette histoire sera une braise que je n'aurai de cesse d'entretenir...dans ce sens je serai vindicatif, mais mon honneur en est l'enjeu et le vaut bien.

Croyez, Madame, en mon profond respect pour votre fonction, mais comprenez qu'en l'espèce je ne puisse en avoir autant pour les personnes ne l'exerçant pas en toute indépendance. Guilain LANTIN, Citoyen honorable et courageux, qui persiste et signe.

Evidemment, vu le contexte et à défaut d'autres informations, je ne peux rendre responsable de ce qui m'arrive que ce cher Maire, doutant toutefois très fortement qu'il en fut la tête pensante, quoique à coup sûr un bras armé.
Je lui ai écrit que j'aurais eu l'intelligence d'arrêter cette guerre, mais qu'à lui elle a manqué. On va donc faire avec tous les deux...mais en aucun cas je ne baisserai mon froc, surtout pas devant des gens de cette espèce, humaine à ce qu'il paraît !

Pour moi, il ne peut y avoir qu'un réseau organisé derrière cela.

VIII

Il y a une autre espèce dont je voudrais vous parler, qu'il faudrait mieux appeler une caste, c'est celle des médecins. Si vous lisez le serment d'Hippocrate, tout médecin jure porter assistance à un confrère en difficulté. C'est idéologiquement respectable, pour autant il ne faudrait pas que "porter assistance" se transforme en "protéger un confrère suite à un acte répréhensible de celui-ci"

Or force est de constater, hormis des cas d'une gravité exceptionnelle, que c'est généralement ce qu'il se passe. Je soutiens toute demande visant à dissoudre ce syndicat: "L'Ordre"...
Celui-ci conseille à ses membres d'être attentifs aux dérives sectaires de leurs patients...mais... ne pourrait-on parler des dérives sectaires du corps médical?

Pourquoi vous parlé-je de ceci? Parce que trop de coïncidences tendent à le démontrer. Médecins et établissements hospitaliers correspondent via une messagerie sécurisée nommée *Apicrypt*. Bien, sauf que mon nom a dû s'inscrire en rouge sur l'écran de chacun. Il ne faut pas qu'un élément puisse permettre qu'un doute s'insinue dans le système.

Ainsi les analyses de sang dont j'ai parlé précédemment, tout comme l'électromyographie qui fut une rigolade. On vous caresse avec une électrode...et vous allez bien!

Avant l'audience en Correctionnelle, je me suis dit qu'il pourrait être utile de produire un "certificat de bonne santé mentale" J'ai donc pris rendez-vous avec un psy à 50 kilomètres de chez moi, quelqu'un que je ne connaissais pas et inversement.
Il connaissait le motif de la consultation mais n'était pas censé en savoir plus. Or, sa première phrase fut "oui mais vous êtes très procédurier, et en psychiatrie ça porte un nom..."

J'avais tout compris, me suis immédiatement levé et suis parti sans rien lui payer, je dirais sans rien "lui devoir" Logique ?

En mars, tiens je me souviens c'était le lendemain de mon anniversaire, ma toubib m'avait conseillé d'essayer une potion qui pourrait soulager mes douleurs. Miracle! C'est merveilleux de se sentir mieux, même si cela ne doit pas durer.
Si bien que, me sentant presque pousser des ailes, j'ai eu plaisir à jardiner, sans trop forcer pourtant. Erreur, la douleur est souvent une alerte et je n'ai pas senti venir une rechute. Douleurs importantes, bien moins quand même que deux ans auparavant. Quelques jours au lit, puis lever avec l'aide d'une potence...et droit à un fauteuil roulant ainsi qu'à une auxiliaire de vie. Difficile de devenir dépendant.
Je vais quand même voir un gars, médecin spécialisé en rééducation paraît-il, qui tient un véritable casino. Et ce mec s'étonne de me voir venir en tricycle électrique?

Et de quoi je lui parle d'un syndrome de la queue-de-cheval? Et que la marche est normale? Encore un qui s'est foutu de ma gueule, il n'a pas du aimer la lettre que je lui ai envoyée à la suite.

Fin 2014, j'allais assez mal, si bien que le cardiologue m'a hospitalisé, suspectant une insuffisance cardiaque sévère. Il s'est avéré que je faisais apnée sur apnée, ce qu'une polysomnographie a confirmé. Je devais être appareillé d'urgence, ce qui a été fait. Seulement l'appareil s'est révélé très rapidement défectueux et de fait contreproductif.

La société qui l'avait fourni ne fit strictement rien pour y remédier. Il fallut une plainte auprès du Conseil de l'Ordre des pharmaciens (la Directrice est pharmacien) pour qu'elle daigne venir remplacer la machine, laquelle fut rapidement défectueuse aussi. Je décidai de m'en passer. L'entente préalable initiale ayant étant faite pour cinq mois, j'aurais donc dû revoir le pneumologue afin de la renouveler. Eh bien celui-ci annula le rendez-vous! M'en foutais après-tout..

Ce qui est plus scandaleux, c'est que la Sécu a continué à payer la Société "Air à Domicile" pendant un an, malgré deux ou trois lettres à la Direction de la Caisse primaire!
Le trou de la Sécu...c'est pas un trou d' "Air" pour tout le monde !!!

Au fait, cette boîte ne cherche pas à récupérer son matériel, c'est pas curieux car ça vaut quand même des sous?
Je me souviens qu'à la médiation, le représentant de l'Ordre me déclara avoir retenu une chose (c'est déjà ça) dans mes écrits:

" j'en ai ras-le-bol de tous ces gens qui me veulent du bien! "

Dans la première édition, j'avais omis de vous raconter qu'un jour, devant recevoir une série de piqûres dans le dos, l'une de celle-ci fut terriblement douloureuse, au point que je criai à l'infirmière d'arrêter. Ce qu'elle fit, non sans avoir terminé assez brutalement de vider sa seringue. Et alors et alors?

Eh bien je me rendis compte que le nombre d'ampoules injectées ne correspondait pas avec le nombre de séances. Il m'en restait ! Bon, faut vérifier quand même avant d'accuser quelqu'un, surtout d'un fait aussi grave! J'ai donc obtenu un relevé de la Sécu qui confirma mes craintes, je ne me trompais pas, j'avais bien reçu une injection d'autre chose, l'infirmière n'ayant pas pensé à subtiliser l'ampoule !

Un peu plus tard, lorsque je soupçonnai une intoxication au cadmium, je lui demandai à celle-là si elle savait ce que c'était.
Non me dit-elle. Ah? il y en a dans les piles et aussi la batterie de votre téléphone lui répondis-je et c'est un redoutable poison, je m'étonne que vous ne le connaissiez pas...

Oh alors j'ai bien dû un jour le voir écrit quelque part, me répondit-elle.

Et...au fait...vous vous entendez bien avec le Maire?
Oh ouiii, c'est grâce à lui que je suis là !

Ne trouvez-vous pas que le scénario commence à se préciser, terriblement ???

Bon alors, ce film il se termine bien ou pas?

Ah bah...mais je sais pas encore, moi !

IX

Figurez-vous que tout récemment je pose un brise-vue dans mon jardin. Marre du mec d'en face qui matte à longueur de journée, et surtout qu'un matin, arrosant mes plantes j'entends la testostérone en action d'un autre voisin de la Résidence dont la fenêtre de la chambre donne directement sur mon jardin en dépit de la règlementation. J'avais eu le son, mais heureusement pas l'image. Je l'ai prévenu par lettre, à laquelle il n'a pas répondu. En guise de protestation je lui ai collé pour une nuit un de mes panneaux contre sa fenêtre.

Le lendemain matin, panneau enlevé...et ce ne pouvait être le vent. J'en déduis que le voisin a mis les pieds dans mon jardin ce qui constitue une violation de domicile.

Appel aux gendarmes...qui sont déjà au courant, et ils ont même des photos de mon "délit" ! Ce n'est pas tout, c'est le policier municipal qui est venu enlever mon panneau. Si si si !

Ah mais ça commence à bien faire, je relève mon panneau, mais plus contre la fenêtre quand même, et j'en mets un autre, pas visible depuis la voie publique, avec la tronche du Maire et l'inscription **WANTED - ALIVE and DEPOSED - CORRUPT**, panneau avec lequel je m'étais déjà baladé durant plusieurs jours dans le village suite à ma condamnation, Et même laissé un moment devant la Mairie. Pas de plainte en diffamation ni quoi que ce soit. Rien de neuf en somme...

Toujours est-il que ce 1er juin 2016, en début d'après-midi, j'étais tranquillement assis dans mon fauteuil en train d'écouter de la musique quand j'entends un mouvement dans mon jardin, J'avais de la visite, mais pas du genre qui s'invitait pour prendre un verre !
Deux ambulanciers accompagnés d'un infirmier ayant son cabinet dans la Résidence et était en congé ce jour-là. Ces braves gens avaient été missionnés pour m'emmener à l'hôpital psychiatrique de Rouffach en HDT, étant évident que je constituais un danger immédiat pour autrui ou pour moi-même.

Bof cet endroit n'étant pas mon lieu de vacances favori, je leur dis gentiment que non je ne vais pas les suivre.
Un des ambulanciers fait ce qu'il doit dans ce cas, il appelle la maréchaussée.
Les voilà, il y en a un qui a revêtu son gilet pare-balles, alors qu'en fait de balles moi je n'ai que des suppositoires !
Tous les deux plantés dans mon jardin, la main sur le porte-flingue.

Bon ça commence à m'agacer, surtout que l'un des infirmiers vient me narguer à vingt centimètres de la porte-fenêtre.
Il ne dit rien mais il me sourit...
Je lui rends son sourire, ferme la porte, rebranche l'alarme, et puis lui ferme aussi le rideau au nez. Il apprécie et lève le pouce.

Hé mais ils restent plantés là, il y a même un des bleus qui s'est installé tranquille sur une chaise de ma terrasse, malgré l'alarme qui évidemment retentit sans arrêt.
Pour me faire perdre mon calme?

La sirène étant intérieure j'ai 92db en permanence dans les oreilles, ça peut énerver effectivement.
Arrive l'adjoint au Maire, ça discute. Un ambulancier me lance qu'ils ne vont pas y passer la journée.
Ah mais j'vous ai pas appelés moi, et je ne vous retiens pas en plus !
On ne va pas s'en sortir. J'avise un des deux gendarmes qui avait déjà pris une plainte pour mise en danger de la vie d'autrui (contre le Maire, mais le proc l'a classée à ce qu'on m'a dit)

Je lui demande de venir seul à ma porte d'entrée (intérieure) mais qu'il restera dans le couloir. Il vient, et il est bien seul. Très courtoisement, il m'explique que si je ne les suis pas volontairement, ils reviendront avec une décision de HO et que cette fois je serai emmené de force.

Pour moi c'est déjà une information, c'est le préfet qui la délivre ...sur demande du Maire !

Je dis au gendarme qu'on nage en plein délire (encore heureux que ce ne soit pas le mien!) et que je vais appeler un psy de Rouffach que je connais. J'ai un autre toubib au téléphone, qui me dit que son confrère me rappellera sitôt sa consultation terminée.

Ce qu'il a fait. La conversation a duré vingt minutes au bout desquelles ce médecin m'a affirmé que malgré l'émotion suscitée chez moi par tout ce ramdam, je lui parlais posément et qu'aucune nécessité d'hospitalisation ne lui apparaissait.

Entretemps mes "invités" étaient partis.
Je me suis enfilé une bonne bière à leur santé, je vais me gêner !

Le Maire, je lui ai écrit une lettre, déposée en une cinquantaine d'exemplaires sur une table de la salle municipale, et publiée aussi, comme il se doit:

Lettre au Maire, *que j'espérais pouvoir lire publiquement lors de la réunion du 8 juin:*

J'ai tout récemment promis à mr le Maire de...le Maire de... Wettolsheim, de lui présenter publiquement mes excuses pour avoir laissé entendre dans mes nombreux courriers qu'il était un pourri*. Oh pas parce qu'il n'a pas acheté mon livre, non, encore que 4€ pour l'un de ses administrés, faut dire que c'est mesquin...quand même!
Non, donc voilà, mr le Maire, je vous prie de me pardonner parce que je me suis trompé...vous êtes très respectueux de la Loi...celle que vous écrivez selon les circonstances en défendant des intérêts particuliers.
En ce sens, oui, vous êtes com-plè-te-ment pourri !

Vous venez de louper la dernière marche. Et vous avez fait fort: violation de domicile. J'ai répondu à cette provocation en posant un panneau dans mon jardin. Dans la foulée, je recevais (2ème violation de domicile) de la visite (ambulanciers, infirmier, gendarmes, adjoint) laquelle attendait que je réponde de manière inappropriée, soit par la violence, dans le but tellement évident de me faire "interner" Voilà le sort final réservé à ceux qui vous résistent !

Depuis trois ans je me bats contre des escrocs en col blanc que vous défendez avec un acharnement suspect, ceci contre l'honneur de l'écharpe que vos concitoyens vous ont confiée.
J'ai laissé dans la guerre que vous m'avez ensemble déclarée, probablement plusieurs années d'espérance de vie, à tout le moins ma santé. Mais ma personne importe peu.
Vous savez, j'espère, que la concussion se prescrit par trois ans, il me reste donc encore un peu de temps. Ah il y a tout le reste en plus, et vous savez aussi que j'ai beaucoup de preuves.

Vous auriez du me tuer tout de suite, monsieur, mais je sais que ce n'est pas faute d'avoir essayé...
Je me suis battu, seul, mais j'ai un argument qui semble vous manquer vu que vous faites faire le sale boulot par d'autres. Voyez-vous ce dont je veux parler, non? Des couilles, monsieur!

Aujourd'hui vous vacillez sur votre piédestal. Vous connaitrez la prison, enfin...peut-être...
D'autres s'en sont remis. Mais le pire pour vous c'est la certitude de ne jamais avoir de rue à votre nom, je vous souhaite de très mal le vivre, mais c'est le seul mal que je vous souhaite !
Oh vous ne resterez cependant pas seul. Tombent les dominos, l'un après l'autre...tac tac tac...
J'ai terminé, Merci.

* *"Cette fois, les parlementaires furent bien convoqués mais[...]aucun des neuf cents fantoches, ou **pourris**, comme on disait alors ne répondit à la convocation"* (L. DAUDET, *Ciel de feu*, 1934, p. 106)

Depuis, visites d'huissiers et courriers du Tribunal "tombent comme à Gravelotte".

Mon alarme côté jardin retentit quelquefois la nuit, ce qui n'était plus arrivé depuis le départ des deux mégères. Il en faut bien plus pour m'inquiéter. Mais...

Il y a quand même un truc: quelle que soit l'histoire, il y a dans tous les cas des "gens dans l'immobilier" soit un promoteur, soit un syndic ou encore des gens y liés même indirectement.

Ainsi, j'ai enfin obtenu du Tribunal administratif l'expertise médicale sollicitée. Pour autant l'hôpital incriminé ne pouvait-il mieux être représenté que par un avocat "spécialisé en Droit immobilier" ?

La Justice est indépendante, les Juges...c'est bien moins certain!

L'un de mes frères, agrégé de maths-physique, m'a dit récemment que j'avais une puissance de raisonnement hors du commun, Il a eu raison de ne pas dire plus intelligent car ce n'est pas tout-à-fait cela. J'ai lu un article scientifique concernant le cerveau des musiciens qui est différent, disposant de plus de circonvolutions et donc de connexions plus nombreuses.

Tiens au fait, j'ai écrit des dizaines de pages sans en souffler un mot. Cela tient à mon humilité naturelle. C'est vrai, j'ai été un hautboïste au talent reconnu qui s'est produit sur bien des scènes européennes et nord-américaines...
Mais ça c'était avant!

C'est un privilège incroyable que de susciter du plaisir chez les auditeurs. La notoriété j'en ai jamais rien eu à foutre...

Très souvent lorsqu'une chose m'interpelle sans que je puisse lui trouver une explication (ce peut être un simple mot ou une attitude) une molécule va se loger dans un méandre de mon cerveau. Et elle peut y rester très longtemps, des années même.

Et un jour, une autre information non utile seule va être rejointe par l'une de celles qui étaient en hibernation, et tic tic tic se forme un atome d'informations, et ainsi de suite...

"On est en train de se rendre compte que le cerveau d'un musicien est différent, physiquement, mais on ignore comment ce changement s'opère"

"Les circonvolutions du cortex cérébral sont plus complexes, notamment dans le cortex préfrontal mais aussi dans les lobes pariétaux. Le lobule inférieur gauche contient un plus haut taux de cellules gliales"

Ma réflexion est la suivante, sans pour autant la considérer comme définitive :

Dans mon village, dans mon canton, mon département, et je crains partout ailleurs, je dois constater l'existence d'un réseau organisé de type mafieux qui peut s'avérer criminel pour autant que l'on touche aux intérêts d'un seul de ses membres. **Les tentacules mènent tous à la même bête, et l'animal est dangereux!**

Ainsi je ne crains pas d'affirmer ici que cette association de malfaiteurs, disons une "communauté d'intérêts", est, au moins, composée de professions de l'immobilier, d'élus de tout poil, et de professions de... santé !

En effet, pour les seuls conseils municipaux dont j'ai connaissance de la composition (essentiellement par les tracts électoraux) ces professions (médecins, cadres hospitaliers, pharmaciens, kinés, infirmières, ou encore fils de ou retraités de...(mais pas de vétos…) sont un peu trop présentes jusqu'à être parfois majoritaires, quand elles ne sont pas Maire.
Voilà qui pourrait paraître plutôt rassurant si ce n'était ce que je viens de vous raconter.

Pour autant, je ne veux pas dire que celles-ci mènent le bal, mais en tout cas ont-elles les connaissances et les moyens d'empêcher d'en perturber la petite musique. Quant à savoir qui dirige l'orchestre... Les Francs-maçons? Possible, ou peut-être pire encore...

Ma jeune toubib, admirablement courageuse, aurait-elle pu encore résister aux pressions certaines, voire aux mesures de rétorsion ?

"Un médecin n'abandonne jamais son patient"

Elle a préféré ne plus me suivre, et c'est de sa part un geste suprême, j'oserais dire...un acte d'amour.
En aucun cas un abandon.
Merci Pauline! Vous savez où vous avez une place je crois...... (Le 13 août 2016)

X

TROISIEME PARTIE :

Les années ont passé mais ce n'est pas pour autant qu'il ne s'est rien passé. Il faut que j'interroge mon disque dur interne. Réponse rapide. OK, on raccroche les wagons et le train repart…

J'ai été débouté (et dégoûté aussi) au Tribunal administratif. L'expertise a été une vraie pantalonnade. On espère toujours tomber sur quelqu'un d'intègre, alors on est déçu mais pas surpris.

Figurez-vous que j'ai été condamné à payer les honoraires d'expertise mais que le toubib-expert-de-mes-deux ne me les a jamais réclamés. Ces gens aiment les sous pourtant…

Ah bah voilà que j'ai déménagé aussi. Certes pas pour fuir, vous aurez compris depuis longtemps que je ne suis pas du genre « courage-fuyons », mais parce qu'à la faveur d'un arrangement j'allais pouvoir disposer régulièrement d'une magnifique américaine de collection et que je ne trouvais pas de garage adéquat aux environs.

Trouvé. Chouette. Et l'appart qui va avec aussi. Tout neuf en plus !

Emménagement prévu, ça commence bien, l'immeuble n'est pas encore raccordé au réseau d'électricité. Peux pas emménager elle me dit la grosse boîte ayant emprunté le nom du célèbre sculpteur colmarien. Mais elle ne veut pas payer l'hôtel non plus. Alors on se pose quand même, non sans avoir passé un coup de fil à ERDF, lesquels déclarent effectuer le raccordement dès paiement d'une facture par le promoteur. Bah le décor est planté : Un branchement sauvage pour le frigo et la lumière durant treize jours.

Bon, un incident de parcours. Hé bé non, c'est pour tout pareil. Cuisine posée si vite que l'emplacement pour le lave-vaisselle ne fait que 35 cm. Pas encore de crédence non plus.

Il n'y aura pas de crédence, car en fait les entreprises n'étant pas payées, bah on ne les revoit jamais.

La période des fêtes se passe tranquillement. On ne sait plus ce que l'on fête finalement, sinon celle du porte-monnaie vide suite à des achats déraisonnables et de la bouffe de marque pas meilleure que Mc Do pour autant.

Font ce qu'ils veulent les gens, même s'encanailler devant la messe de minuit ou fumer des pétards qui n'exploseront que des cervelles déjà défaillantes. M'en fous.

Mais c'est qu'il y en a qui ne se foutent pas de tout… Figurez-vous qu'une péronnelle nous demande quel nom on veut inscrire sur sonnettes et boîte aux lettres.

Pour ma part, je réponds vouloir FASOLA* (qui est mon pseudo) Oh mais c'est que la nénette exige que je justifie qui est cette personne, alors je l'envoie balader, et voilà qu'elle m'envoie les gendarmes…Pauvrette !

Rémi FASOLA est un musicien dont la copine est Sido. Un jour il a dû enterrer son Lassie qu'il adorait, et c'est depuis ce jour-là qu'il a mal au dos Rémi Fasola…

Bon, le promoteur m'a dans le nez et ne va plus me lâcher. Mon jardin devient régulièrement destinataire du contenu de cendriers remplis. Quotidiennement quelqu'un stationne son véhicule devant mon garage, les lettres PD en 20x20 sont gravées sur ma porte, et je suppute par qui sans malheureusement l'avoir vu. Un gendarme réserviste qui habite l'immeuble, un « noizillon » qui n'hésite pas à se prévaloir de sa qualité alors qu'il n'est pas en service et filme ou photographie illégalement tout le monde. D'ailleurs le véhicule devant mon garage, c'est le sien.

Drôle de type celui-là. Toujours seul, sauf au tout début où un homme d'un certain âge est venu trois ou quatre fois, peut-être pour s'assurer que son fiston d'une trentaine d'années était bien installé et ne reviendrait plus jouer les Tanguy ?

Pas vu ses volets levés une seule fois depuis trois ans, et pourtant il doit élever des lapins car je l'ai vu un jour ramener un gros ballot de foin. Bonjour l'odeur. C'est peut-être pour ne pas incommoder les bestioles qu'il laisse chaussures et poubelle sur le palier…Bon, la vie des autres, hein…Mais pourquoi viennent-ils autant se mêler de la mienne, merde ?

J'ai une voisine agréable, avec deux jeunes enfants. Elle est venue boire une coupe entre les fêtes de 2017. Ça n'a pas duré. Depuis le jour où les gendarmes sont venus « pour l'obligation de mettre son vrai nom sur la sonnette » elle m'a fait la gueule, tout comme ses mômes. D'abord j'ai pas compris, mais me suis rapidement rendu compte que des rumeurs circulaient à mon sujet dans l'immeuble.

Bien vu de la part du promoteur qui, comprenant qui j'étais, avait miné le terrain lorsque j'ai commencé à dénoncer ce qui n'allait pas, non parce que cela n'allait pas mais parce que rien n'était fait pour y remédier. Tiens, comme la serrure de la porte d'entrée cassée. Des mois cela a duré, jusqu'à ce qu'ils réalisent les problèmes que pouvaient engendrer l'intrusion dans l'immeuble de squatteurs ou de graffeurs. Attends ! Au début les poubelles n'ont pas été sorties durant un mois et demi car ils croyaient que les services de la voirie le feraient…Si ! On croit rêver parfois…Si mon but était de publier un gros pavé, celui-ci serait assuré rien qu'avec le récit des dysfonctionnements. Mais celui de la VMC en vaut la peine quand même. Insuffisante, elle a contribué à l'insalubrité de l'immeuble puisque l'humidité restant confinée produit des moisissures, visibles ou invisibles, mais qui ont un effet néfaste sur la santé. C'est mon cas malheureusement à l'heure où je vous écris, et l'affection en résultant est irréversible.

Une autre locataire est partie car les murs de sa chambre étaient couverts de moisissures, ce qui n'a pas empêché le promoteur de relouer immédiatement tel quel…Les sous avant tout !

A propos de sous, les procès concernant mon précédent logement n'étaient pas terminés. Condamnation après condamnation, j'avais fini par ne plus payer si bien que des retenues sur rémunérations ont été opérées. Et là je rigole car ils mettront des années à récupérer leur « dû » à raison de quelques euros par mois. Pensez-vous que la Juge pouvait être indépendante en étant à la fois présidente d'un Rotary ? Je lui ai réservé un bel article sur *Le Club de Médiapart* publié le 23 octobre 2016 sous le titre :

« LA MAFIA DIRIGE LA FRANCE ! » C'est quoi cette justice de merde ? » que voici reproduit :

Pour ceux qui m'ont un peu suivi, ou me découvrent, tous mes démêlés ont une seule et même origine: la dénonciation d'un système mafieux protégeant ce secteur aussi important que lucratif du bâtiment.

Quand le bâtiment va tout va. La Mafia, c'est comme les petits "dealers" quand ils sont poursuivis ils changent de quartier. Aussi depuis quelques années l'Italie mène un combat courageux, quelques-uns se font prendre mais où se cachent donc les autres pour continuer leurs petites affaires? CHEZ NOUS !

Un exemple parmi tant d'autres: comme "on" n'arrive pas à me faire taire, on essaie l'assassinat social et financier. Aussi je pourrais avoir ma chambre au Tribunal tant les comparutions sont nombreuses en ce moment.

Ainsi, je viens vous conter l'ambiance d'une audience (ça sonne bien non?)
*Tout récemment (le jugement a **déjà été rendu** le 22 novembre...**prochain**),*

*Assigné (encore) par la **Société SET de Mulhouse**, dont les gérants sont **Claude et Julien KESSER** (des proches de BOUYGUES et du Maire UMP de WETTOLSHEIM **Lucien MULLER** lui-même un proche du Maire UMP de COLMAR **Gilbert MEYER**, vous voyez?) à laquelle je n'arrête pas de me confronter depuis trois ans, au Tribunal d'Instance de COLMAR pour des "loyers et charges impayés" ayant fait antérieurement l'objet d'une décision, cette société vient me réclamer une somme (correspondant à plusieurs smic quand même) déduisant en tant qu' **acompte** ce qu'elle avait gagné lors du Jugement précédent*. Cette fois leurs conclusions n'avaient pas été rédigées par un avocat, pas plus qu'il ne s'en était constitué.*

*Audience: **la Présidente du Tribunal, Madame Agnès BISCH**, appelle les affaires d'une voix à peine audible. Les avocats ont le rôle et c'est eux qui passent prioritairement. A un moment donné, cette Juge me regarde et dit à voix très haute: " Meusieur Lantin !"*

On se connait bien maintenant mais quand même, elle devait appeler "Sarl SET contre monsieur Lantin" c'est la procédure.

Je m'approche à la barre, pas d'adversaire? Si, un jeunot qui était assis tout derrière s'approche aussi, avec un pouvoir spécial.

Pas besoin de présentations, visiblement ils se connaissent. Madame BISCH ouvre le dossier et lit ma lettre par laquelle je demande le dessaisissement du Tribunal tel que le Code civil le prévoit. Elle s'étonne et me regardant "Eh bien c'est gentil!" Je lui réponds que je n'ai rien contre elle personnellement, mais que je récuse ce Tribunal. Visiblement elle n'en tient pas compte...

Le demandeur expose son argumentation, laquelle se résume en une somme écrite sur le contrat de location. Et sans s'occuper du pourquoi, du comment ou de à quoi cette somme correspond, dit:

"Mais si c'est écrit vous devez payer!"

La messe est dite, elle ne lira même pas mes conclusions...alors que ce qui était supposé être écrit ne l'était pas.

Je lui lance, très en colère: "eh bien voilà! Condamné d'avance" Elle me répond "vous devriez prendre un avocat..."
Je termine: "un avocat de Colmar, Madame, mais c'est une plaisanterie?" Et je suis sorti...

** Jugement du **15 octobre 2014** qui m'avait été signifié dès le **27 septembre** par Huissier de Justesse à Colmar, Maître **Antoine FIX**.*
Son épouse à ce monsieur est Juge à la Cour d'Appel...de Colmar. Qu'il y ait le moindre lien serait pure médisance, ou je me trompe?

A savoir:** si un flic fait la moindre erreur sur une prune, cela l'invalide. Un huissier qui se trompe, même en ajoutant un zéro à la somme, cela s'appelle **une erreur de plume...

Entretemps, belle promotion, elle avait été nommée Conseiller à la Cour d'appel de Paris. Je ne l'ai su que lorsque j'ai reçu une citation à comparaître pour outrage à magistrat. Affaire dépaysée à ma demande par la Chambre criminelle de la Cour de Cassation. Serai jugé à Nancy.

Jugé et condamné, bah voyons. Et la Loi de 1881 dite sur la liberté de la presse alors ? Bah c'est une vieille loi, avait dit le procureur, faut pas en tenir compte…C'est pas un problème que les délais soient dépassés de plusieurs mois, ça ne change rien au fait que lorsqu'on tape le nom de la dame sur « *Gougueule* » l'article apparaît en quatrième position, et même en première en passant par « *Bing* » et c'est bien ce qui gêne la dame.

La MAFIA DIRIGE la FRANCE ! | Le Club de Mediapart
https://blogs.mediapart.fr/cherchemiseres/blog/231016/la-mafia-dirige-la-france ▾
27/07/2021 - Cette fois leurs conclusions n'avaient pas été rédigées par un avocat, pas plus qu'il ne s'en était constitué. Audience: la Présidente du Tribunal, Madame **Agnès BISCH**, appelle les affaires d'une...

Mme Agnès BISCH - Conseillère à la Cour d'appel de Paris ...
https://www.lesbiographies.com/Biographie/BISCH-Agnes,129323 ▾
18/01/1993 - Extrait de la fiche de Mme **Agnès BISCH**. 1 Fonction: Conseillère à la Cour d'appel de Paris. 1 Information diverse - Formation : Maîtrise en droit d'affaires. 10 Etapes de carrière. 1991, 18 janvier / 1993, 13 août : auditeur de justice. 1993, 13 août / 1994, 11 mars : **juge** au tribunal de grande instance d'Hazebrouck (Nord)

Mais tout métier comporte des risques pas vrai ? Trois mois avec sursis et des milliers d'euros d'amende et autres compensations. Evidemment j'ai fait appel, et ce fut comme un appel de phare, car son avocat avait été assez hargneux, demandant même la publication du Jugement dans la Presse locale.

Bah vous voyez, des fois des Juges font bien leur boulot, la Présidente de Chambre m'a relaxé et débouté sa consoeur sur toute la ligne, y compris sur le 1€ de dommages et intérêt, mais il faut dire aussi que je m'étais ardemment défendu.

Elle se sera pris « un pâté de Bisch » finalement et risque d'en faire quelques gaz « à effet de cerf » !

Arrêt rendu par la 4ème Chambre des Appels correctionnels de Nancy présidé par Mme Catherine SAMMARI :

propos outrageants ainsi qu'une somme de 2 500 euros au titre de l'article 475-1 du code de procédure pénale.

Madame l'avocat général a demandé la confirmation du jugement.
Guilain LANTIN a déposé des conclusions tendant à l'infirmation du jugement et à la condamnation de la partie civile à lui verser une somme de 2 000 euros pour procédure abusive aux motifs que les faits devaient être poursuivis selon la loi sur la presse de 1881, qu'ils étaient prescrits en application des dispositions de ce texte et qu'en outre, ne peuvent donner lieu à aucune action en diffamation, injure ou outrage, ni le compte rendu fidèle fait de bonne foi des débats judiciaires, ni les discours prononcés ou les écrits produits devant les tribunaux.

Sur la culpabilité :

Le délit d'outrage à magistrat, prévu à l'article 434-24 du code pénal, trouve application dans le cas où l'expression diffamatoire, « même lorsqu'elle a été proférée publiquement » est adressée « directement » à la personne intéressée.
En l'espèce, la prévention vise un outrage commis par « écrits ou images de toute nature non rendus publics, de nature à porter atteinte à sa dignité ou au respect dû aux fonctions », d'Agnès BISCH, magistrat près le tribunal d'instance de Colmar, dans ou à l'occasion de l'exercice de ses fonctions, « en l'espèce, une invective sur le site MEDIAPART », la magistrate n'ayant pas fait état du fait qu'elle aurait entendu les propos incriminés à l'audience du 23 octobre 2016 et n'ayant déposé plainte qu'après les avoir découverts sur le site visé supra.
L'écrit outrageant, visé précisément dans la prévention, n'étant pas adressé directement à la magistrate, n'entre pas dans les prévisions de l'article 434-24 du code pénal incriminant l'outrage à magistrat, et, étant publié par un organe de presse, ne pouvait en conséquence qu'être poursuivi et réprimé sur le seul fondement des articles 31 et 33 de la loi du 27 juillet 1881 sur la presse.
Dès lors, il y a lieu de constater la prescription, s'étant écoulé un délai de plus de trois mois entre le 9 novembre 2018, date de transmission du dossier au procureur de la République de Nancy, et le mandement de citation devant cette juridiction délivré le 14 juin 2019.

Sur l'action civile :

Le jugement sera confirmé en ses dispositions civiles en ce qu'il a reçu la constitution de partie civile d'Agnès BISCH et infirmé pour le surplus.
En application de l'article 10 du code de procédure pénale, la prescription qui éteint l'action publique entraîne l'impossibilité d'exercer l'action civile devant la juridiction répressive, cette action pouvant être intentée devant la juridiction civile dès lors que le délai de prescription du droit civil n'est pas expiré.

Sur les dispositions de l'article 475-1 du code de procédure pénale :

Le jugement sera infirmé et les demandes formées par la partie civile devant le tribunal et à hauteur de cour seront rejetées.

Sur la demande formée au titre d'une procédure abusive :

Il convient de rejeter cette demande qui n'est fondée ni en droit ni en fait.

PAR CES MOTIFS

LA COUR, statuant publiquement et contradictoirement à l'égard de toutes les parties,

I) EN LA FORME

Reçoit, comme réguliers en la forme, les appels du prévenu et du Ministère Public contre le jugement du tribunal correctionnel de NANCY du 13 septembre 2019 ;

II) AU FOND

Constate l'extinction de l'action publique par l'effet de la prescription.

III) SUR L'ACTION CIVILE

Confirme le jugement en ce qu'il a reçu la constitution de partie civile d'Agnès BISCH.

L'infirme pour le surplus.

Constate que la prescription qui éteint l'action publique entraîne l'impossibilité d'exercer l'action civile devant la juridiction répressive, cette action pouvant être intentée devant la juridiction civile dès lors que le délai de prescription du droit civil n'est pas expiré.

IV) SUR L'ARTICLE 475-1 DU CODE DE PROCEDURE PENALE

Infirme le jugement.

Rejette la demande formée devant le tribunal correctionnel.

Rejette la demande formée devant la cour.

V) SUR LA DEMANDE POUR PROCEDURE ABUSIVE

Rejette la demande formée par Guilain LANTIN.

Le tout en vertu des articles susvisés, 515 du code de procédure pénale.

L'arrêt a été prononcé à l'audience publique du 22 AVRIL 2021 par Madame SAMMARI, Président de Chambre.

Assisté de Madame CROUVIZIER, greffier.

En présence du Ministère public ;

Et ont le Président et le Greffier, signé le présent arrêt.

LE GREFFIER,　　　　　　　　　　　　　　　　　　　　　　　　LE PRÉSIDENT,

Minute en 5 pages

DOSSIER N° 20/00008
LANTIN Guilain

Pour copie certifiée conforme
Le Directeur du Greffe

Dans l'immeuble, la voisine dont je parlais m'a vraiment pris en grippe, mal baisée qui m'en veut de ne pas m'intéresser à elle ? Je comprends dès lors l'origine des mégots. Un certain jour, elle porte plainte pour harcèlement moral. Oh ? Sérieux ?

La plainte comporte plusieurs pages auxquelles sont jointes des attestations anonymes de voisins. Elle avait dû recopier des passages de *« Notre-Dame-de-Paris »* puisque le proc l'a immédiatement classée…mais me fait convoquer pour « refus de prise d'empreintes et de photos anthropométriques ». En fait l'on vous annonce vos droits parmi lesquels celui de quitter librement la brigade à tout moment. C'est ce que j'ai dit que je faisais, et j'aurais alors dû être reconvoqué pour la prise d'empreintes. Mais je serai pourtant condamné au motif que, selon le Juge pourtant sérieux « Nous ne sommes pas responsables des lacunes de la Loi » Faut oser quand même. Il a osé !

Me suis offert un nouveau scooter pour PMR et rentre chaque jour celui-ci dans l'appartement. Mais voilà qui ne plaît pas au réserviste, lequel à plusieurs reprises tentera de m'empêcher de rentrer dans l'immeuble. Il me demande même un jour pourquoi je ne le mets pas dans mon jardin comme le précédent. Et justement je le fais quelques jours après, non pour lui faire plaisir, mais parce que je dois ressortir peu de temps après, pour aller à la Gendarmerie déposer une Nième plainte. Surprise en ressortant de la Brigade : j'ai un pneu crevé. Je l'envoie donc en réparation et constaterai en le récupérant qu'il porte deux grosses entailles faites au cutter. Non mais attendez…c'est du costaud ces pneus-là, en nylon ils sont gonflés à 3,4 bars, quasi deux fois un pneu de bagnole !

Et ce n'est pas tout. Le lendemain matin, je constate un truc qui pendouille à côté de la roue, ça m'inquiète, alors je fais quelques manœuvres dans mon appartement. Tout va bien apparemment. Je vais quand même demander au premier garage venu et le technicien me dit alors que c'est le câble de frein (de secours, dont je ne me sers jamais)

Et encore heureux sinon c'était la pirouette assurée. Sauf qu'au démontage il apparaît clairement que le câble a été sectionné. En agrandissant on distingue mieux les différentes marques de cisaille et, à bien y réfléchir, les freins ne tenaient plus que par le tout petit fil visible sur la photo du bas. Chez le réparateur c'est peu probable, mais dans la cour de la Brigade durant le temps de ma plainte est plus vraisemblable.

Visiblement je gêne toujours un gros poisson…

En 2018, après des années de réflexion et de doutes, on s'en doute, je décide de déposer une plainte pour empoisonnement, directement entre les mains du Juge d'instruction, contre quatre des personnes suspectées d'avoir attenté à ma santé, à savoir deux médecins, une infirmière et un traiteur.

Je reçois trois jours après un rejet de ma constitution de partie civile, ce qui équivaut à vider la plainte de sens.

Appel auprès du Procureur général :

Pour autant, lesdits faits sont qualifiés par la plainte de :
- administration de substances nuisibles ayant entraîné une infirmité permanente, DELIT prévu et réprimé par les articles 131-26-2, 222-9, 222-15, 222-44, 222-45, 222-47 et 222-48 du code pénal,
- mais aussi comme étant de nature criminelle et l'article 221-5 visé comme le corps de la plainte est le texte répressif d'une tentative d'empoisonnement, CRIME prévu et puni par les articles 121-4, 121-5, 131-26-2, 221-5, 221-8, 221-9, 221-9-1, 221-11 du code pénal.

> **ORDONNE** le retour de la procédure à Monsieur le Doyen des juges d'instruction du tribunal de grande instance de COLMAR aux fins d'instruction préalable de la plainte avec constitution de partie civile et d'application des articles 88 et suivants du code de procédure pénale.
>
> Et le présent arrêt a été prononcé par Mme la présidente en présence du ministère public et du greffier.
>
> Madame KATZ, présidente de la chambre de l'instruction et Madame BERINGER, greffier, ont signé la minute du présent arrêt ;
>
> LE GREFFIER,   LA PRÉSIDENTE,
>
> Pour copie conforme
> Le Greffier

Et ce brave Juge d'instruction va alors m'auditionner pendant deux heures durant lesquelles il ne cessera d'essayer de m'intimider en criant et en me menaçant de se procurer mon dossier médical et de me faire subir une expertise par un psychiatre qu'il connait bien.

Mais de vouloir me terroriser, essayer de me faire signer une déclaration par laquelle je serais schizophrène, le Juge s'en prendra une dans les dents, je parle d'une lettre (voir page suivante)

Mon juge, lui, est Délégué régional adjoint de l'Union Syndicale des Magistrats (classée à gauche), et curieusement se retrouve aujourd'hui Procureur-adjoint dans une Sous-préfecture. Bah c'est peut-être une promotion après tout, allez savoir...

En tout cas il pourra confirmer une citation du Syndicat de la Magistrature (classé à droite) selon lequel **« Le Procureur est le maillon faible en terme de protection des libertés individuelles »**

Monsieur Jean-François ASSAL
Doyen des Juges d'Instruction TGI
Place du marché aux fruits
68000 COLMAR

Le 20 juillet 2020

Monsieur,

J'ai appris par mon Conseil que vous aviez décidé une expertise psychiatrique à mon encontre. Sachez que je crains nullement celle-ci, que vous m'aviez d'ailleurs promise au tout début de notre unique entretien, sauf à être persuadé que puisqu'elle doit être pratiquée par un médecin que vous connaissez bien, d'après vos propres dires, elle ne serve dans votre esprit qu'à trouver, sans risque pour vous, un moyen d'enterrer cette affaire vite fait bien fait...

Evidemment, dans aucun milieu les renvois d'ascenseur, la fraternité de Loge ou de communauté religieuse n'existent, en France du moins.

Et puis que je sache, la Justice est indépendante dans notre pays, sauf que certains ne semblent pas être au courant, ou y croient comme l'on croit en Dieu, mais ne sont pas pratiquants...ou encore manquent singulièrement de courage et peinent à mériter le respect.

Vous n'avez toujours pas compris que je ne suis ni impressionnable ni manipulable et mon impertinence assumée n'est pas un délit. Votre mission est d'instruire cette affaire, or jusqu'à présent je n'ai perçu de votre part que certitudes. Vous posez d'emblée l'axiome de l'affabulation alors que votre métier devrait vous faire prendre en compte un postulat...

Je me rendrai à cette expertise dont vous attendez qu'elle vous délivre du problème. Mais vous risquez d'être déçu, Monsieur, car imaginez que comme tout un chacun je rentre dans une petite case, et que par extraordinaire ce soit la même que la vôtre...

J'aurais aimé vous faciliter la tâche mais c'est vous qui avez donné le ton. Comme se feront jour bien d'autres mises en cause que vous ne pourrez assumer faute de temps, vous pouvez encore demander votre dessaisissement, ou demander que l'enquête soit confiée à la BRDP.

Dans l'attente, veuillez agréer, Monsieur, mes sincères salutations.

Permettez-moi de vous dire mon amusement de vous voir, au milieu d'une récente manifestation d'avocats, aux côtés du Bâtonnier WETZEL. Si ce n'était lui c'est donc son frère ?

Le gars me répondra que ma lettre est à la limite de la discourtoisie, puis déposera plainte pour outrage, laquelle sera classée sans suite par ses propres services. Est-ce logique ou n'est-ce que du harcèlement ?

Entretemps un épisode intéressant sociologiquement se sera fait jour, je parle du mouvement des Gilets jaunes que j'ai rejoint dès la première heure. Atmosphère de franche camaraderie de « gens prêts à refaire le monde » malgré des différences sociales évidentes. Il y a de tout, évidemment pas mal de paumés et de chômeurs, mais surtout des travailleurs pauvres, des syndicalistes, des retraités, ce que l'on appelle communément petit peuple…

Nul besoin n'est ici de raconter tout ce que l'on s'est pris sur la gueule, les médias officiels ou non s'en sont chargés.

Une chose est certaine : pas d'éléments violents chez nous.

En mon affaire, un autre Juge d'instruction a été nommé, mais il prendra « en toute indépendance » la même décision que son confrère : expertise psychiatrique chez le même médecin. Sans avoir peur le moins du monde, je crains quand même de me retrouver à Rouffach pour y finir mes jours…Méfiance et prudence extrêmes, j'obtiens quand même d'être assisté par mon avocate. A ma grande surprise, les conclusions du psy ne sont pas mauvaises, car il m'a trouvé parfaitement normal…

Curieux pourtant, l'un de mes articles sur *Médiapart* a été supprimé « à la demande de quelqu'un » mais au motif invoqué de ne pas avoir respecté la Charte…

Je l'ai republié en supprimant les noms de personnes et en modifiant le titre. Supprimé tout pareil ! Alors figurez-vous que je l'ai republié une nouvelle fois, mais sans aucun texte mais seulement le titre déjà modifié **« Mon docteur m'a tuer »** Eh bien, je suis cette fois exclu de Médiapart et mon compte est supprimé !

Je l'ai alors republié sur un blog où il se trouve encore, mais le voici reproduit ici, pour vous :

ARTICLE CENSURE

SANS DECISION de JUSTICE NI POURSUITES :

Billet de Blog du 23 mai 2018, DEPUBLIE à trois reprises par MEDIAPART et COMPTE SUPPRIME !

Republié intégralement le 8 juillet 2018 sur : cherchemiseres.overblog.com

« *MON DOCTEUR M'A TUER ou LE TOMBEAU de WETTOLSHEIM* »

Il était il y a quelques années une boucherie en gros dénommée Roth et Bigard. Le bâtiment était gigantesque mais, au cours du temps, elle restreignit ses activités jusqu'à n'être plus que la petite boucherie du village. Evidemment une grande partie des locaux s'en trouvait désaffectée.

Un certain jour, alors qu'une mise aux normes devait être effectuée, les Services concernés, la Préfecture probablement, leur imposa de mettre aux normes l'entièreté du bâtiment sous peine de fermeture. Ah ouais, mais cet horrible « blockhaus » de béton devait faire bien plus de 1000 m2 !

Pour une entreprise récemment en redressement judiciaire, quelle plus belle occasion de la mettre à mort en récupérant l'emplacement ? Elle replia son activité en mars 2011 dans un petit local à une centaine de mètres.

Deux ans plus tard (début 2013) ouvrait une très belle Résidence séniors dont le Maire, Lucien Muller, était très fier. Deux ans, c'est bien court, d'autant qu'il fallait concasser sur place des tonnes de béton. Mais si les plans étaient prêts et le permis déjà accordé... Après, les bâtiments c'est comme les champignons, il suffit d'un peu d'humidité, je veux dire de liquidités.

La banque à qui parler s'en chargea puisqu'une société de circonstance fut créée fin 2010 pour être mise en liquidation fin janvier 2011.

Le plus curieux, c'est que sur Societe.com, le nom du dirigeant de RSSW est « C » et celui du liquidateur « M C » Pour ma part c'est du jamais vu !
https://www.societe.com/societe/rssw-525269213.html

Ceci c'était pour la mise en bouche…

En 2013 donc ouvre cette Résidence, « Les Châteaux » ça fait bien ! Celle qui s'en prétend directrice, et qui se prend même pour la propriétaire (un peu mon neveu puisque c'est la belle-sœur du promoteur) alors que ce n'est qu'une bonne commerciale, se nomme Régine Guiguet. Elle travaille actuellement pour le groupe Duval après s'être faite virer pour racket des résidents, ce dont je peux témoigner. Je l'ai vue de mes yeux se servir dans le porte-monnaie des gens.

Excessivement autoritaire, elle s'arrogea les droits d'interdire de parler lors des repas, d'exiger que les gens s'y présentent à midi pile, l'œil sur la montre à l'entrée de la salle-à-manger ou encore d'emporter la bouteille vide qu'elle faisait obligation d'acheter sur place et à quel prix, menacer de résiliation de bail pour critiques de la Direction ou de sa gestion...et même pour tenue vestimentaire considérée comme inappropriée au standing...

Si ce n'était tout...je l'ai vue et surtout entendue hurler sur une pauvre femme, depuis décédée, de plus de 80 printemps qui avait chuté, cela parce qu'elle devait attendre l'ambulance à 11h50 un samedi ! Si si ! **Résidence AVEC Sévices !!!** *Alors qu'à l'ouverture l'ambiance était agréable si ce n'est que tout était bouclé en dehors des heures de travail des deux gardiennes du temple, la situation s'est dégradée dès que 7 ou 8 personnes aient « amorcé » la venue de nouveaux résidents.*

Lorsque les gens entendent deux ou trois fois « vous me dérangez et j'ai horreur de cela ! » que font-ils ? Chacun reste chez soi, il n'y a plus d'échanges, la solitude et la sensation d'abandon vous minent. Pire, dans de nombreux cas les enfants mettent la main à la poche lorsque la retraite ne suffit pas à rassasier ces requins mais qu'ils pensent que leurs parents s'y trouvent bien, ceux-ci n'osent pas leur dire que ce n'est pas le cas...

Quelques-uns auront pensé qu'un décès tous les deux mois en moyenne n'est guère vraiment surprenant, et ils ont raison mais il faut pouvoir comparer le nombre de décès avec le nombre de résidents. La résidence comporte 57 appartements et la plupart des personnes sont seules. Ah ouais c'est vrai que le rapport décès/résidents paraît déjà élevé...mais encore plus alors que cette résidence n'a guère été remplie à plus de 50% au mieux de sa splendeur. Vu ?

Si j'y réfléchis, les personnes qui ont le mieux résisté à la déchéance sont celles qui n'ont jamais pris les repas proposés par la résidence. Je pense même que hormis moi, seul un couple est encore en vie. Considérant que, n'ayant pas ingéré le gros éclat de coquille de moule dissimulé dans l'une d'elles j'estime avoir ensuite été victime d'un surdosage de glutamate monosodique, l'exhausteur de goût E 621 que le traiteur EDEL devait mettre trop généreusement dans les plats qu'il me servait, et qui provoque à hautes doses une dégénérescence des liaisons nerveuses cervicales qui permettent le contrôle des muscles. Serait-il étonnant qu'il en ait été de même à la « cantine » de la Résidence ? D'où les chutes ?

Ah, les chutes...si vous saviez le nombre de chutes s'étant produites dans cet établissement.

Mais c'est normal à un certain âge, n'est-ce pas ? Sauf que la non-adéquation du bâtiment n'est certainement pas anodine, ne fut-ce que le carrelage des salles-de-

bain qui est aussi glissant qu'une savonnette entre les doigts. Nombre de chutes et, malheureusement, un nombre de décès absolument anormal. Sans compter ceux qui ont quitté la Résidence pour décéder peu après, on dénombre quelque 25 morts depuis l'ouverture, et alors qu'il faut (fallait au début) un certificat médical de bonne santé pour y entrer ! Je ne vous parle même pas de sa comparse, l'adjudant Laurence Brino, que je surnomme Brinoféroce, très amie du Maire, dont j'ai toujours soupçonné que c'était elle qui dirigeait vraiment la boutique. Combien de fois l'ai-je vue entrer brusquement chez un résident, sans même avoir frappé à la porte, en criant « c'est Laurence ! » Aucun respect pour la vie privée ni pour l'intimité des gens. Tout cela n'est-il autre chose que de la maltraitance, fût-elle psychologique ?

Curieusement d'ailleurs, la première personne s'en étant offusquée tout comme du racket, a été la première dont l'état de santé s'est si rapidement dégradé.

Elle est décédée, elle qui m'avait dit de ces gens que « ce sont des rats » mais je ne savais pas à l'époque qu'elle était la propre maman d'une Conseillère municipale de Colmar, par ailleurs directrice de l'AMHR, l'association des Maires du département.

Le scénario serait terrible, un « turn-over » pouvant permettre que cette résidence ne se remplisse jamais, de manière à ce que rapidement elle se vide dès lors que peut se produite ce qui a toujours été prévu : sa transformation en Appart'hôtel. Car c'est ce qu'il s'est exactement produit avec « Le Trident » à Mulhouse, construit et géré par les mêmes sociétés, celles de Claude Kesser et Alexandre PERINEL !

En attendant, puisque les deux taulières étaient parties, les activités de services ont été reprises par un toubib, le Docteur Zeller, lequel n'est autre qu'un homme d'affaires qui s'est donc acoquiné avec Kesser (en échange d'un beau bureau au Trident ?)

Mais si l'on excepte le nettoyage du local à poubelles qui grouillait d'asticots (et de rats m'a-t-on rapporté) depuis trois ans, et le fait que les repas soient préparés sur place avec des ingrédients frais, ce qui n'avait jamais été le cas (traiteur et même surgelés !) rien n'a changé. Depuis peu, il a jeté l'éponge ou s'est fait jeter, je ne sais. Toujours est-il qu'aujourd'hui ne subsiste qu'une espèce de concierge. Il a un « logement de fonction » pour faire illusion, mais en violation de la Loi, les résidents sont seuls la nuit !

*Juriste redouté bien qu'amateur, serez-vous surpris que lorsque j'ai commencé à m'étonner puis à dénoncer avec force ces errements, l'on m'ait discrédité, mais **alors que cette résidence est privée, le Maire est intervenu en demandant une enquête sociale, si bien que s'est vite répandue dans le village la rumeur selon laquelle je ne gesticulais que parce que je n'avais pas assez d'argent pour payer mon loyer.***

Par la suite, ce Cher Maire a même tenté de me faire interner (v. page 83)

Discréditer l'adversaire n'est en général que le signe d'un manque d'arguments.

Un Maire intervenant dans des affaires privées, ne serait-ce pas la conséquence logique d'un conflit d'intérêt, voire d'intérêts tout court ? Pas forcément monétaires d'ailleurs, mais on peut favoriser et défendre des copains, non ? C'est ainsi que la Guiguet en question s'est occupée du recensement sans aucune accréditation ! Pas besoin ! Donc pas tenue au secret puisque pas assermentée. Et quand bien même, elle n'en aurait rien eu à foutre. Vous auriez vu son empressement à vouloir « aider » les résidents à remplir le questionnaire...Bonne pioche pour qui veut tout savoir ! Et puis, on n'est pas à ça près, dans la panique on prévient la gendarmerie, si ! laquelle ne trouve rien de mieux que de téléphoner à votre médecin-traitant, si ! Pour lui demander quoi ?

*De trouver un moyen de me faire taire ?
C'est ce que je pense. Les médecins ont le savoir, donc le pouvoir. Vous n'avez ni l'un ni l'autre. Ce n'est d'ailleurs pas le Conseil de l'Ordre qui condamnera l'un des siens, surtout que chacun sera peut-être amené à faire un jour la même chose !*

*C'est ainsi que le Dr Benoît WETZEL a été blanchi car il a simplement déclaré m'avoir prescrit de la kiné sans préciser ni quand ni pour quelle indication. Mais il ne s'est pas gêné d'écrire que j'étais sans cesse à la recherche de revenus complémentaires ! C'est juste de la diffamation. Médecin crétin n'est décidément pas un oxymore ! Car lui me poursuit aujourd'hui pour dénonciation calomnieuse, alors que la demande de dépôt de plainte déposé directement entre les mains du Doyen des Juges d'instruction pour « **administration de substances nuisibles ayant occasionné une infirmité permanente** » doit s'être perdue dans les méandres insondables de la Justice…*

Le Docteur Martin Winckler (médecin français exilé au Québec) a écrit de nombreux ouvrages dénonçant ce qu'est la médecine française. C'est édifiant et c'est surtout à lire ! Mais je vous livre ici deux autres citations :

« Ne jamais faire confiance à un médecin ! Les médecins sont malhonnêtes, corrompus, immoraux, malades, peu éduqués et carrément plus stupides que le reste de la société. Lorsque je m'apprête à rencontrer un médecin, je me vois devant une personne bornée » (Docteur Robert S. Mendelsohn)

« La personne qui a le plus de probabilité de vous tuer n'est pas un parent ou un ami ou un agresseur ou un cambrioleur ou un conducteur ivre. La personne qui risque le plus probablement de vous tuer est votre docteur. » (Dr Vernon Coleman)

XI

Je voudrais à présent revenir sur un épisode en rapport avec les Gilets Jaunes. Partant du constat que les gens ne venaient qu'en trop petit nombre nous rencontrer sur les ronds-points, j'émis d'aller à leur rencontre jusque dans les villages au moyen d'un bus aménagé pour la circonstance.

Ça se trouve en Allemagne pour pas cher et on l'a trouvé. Un Mercedes avec un million de km mais qui tourne comme une horloge et le TÜV (contrôle technique) vierge. Customisé, il n'aura fait qu'une seule apparition publique. C'est que ça n'a pas dû plaire à des personnalités de premier plan local…

A peine entreposé dans une voie privée d'accès à un entrepôt, avec l'autorisation (évidemment) de la propriétaire des lieux, je devais être suivi puisque dès que je m'y rends, la gendarmerie se pointe, me verbalisant pour défaut de papiers et conduite sans permis valable (dans une voie privée !) le bus faisant, lui, l'objet d'une **immobilisation** de huit jours. A l'issue de ce délai il était mis en fourrière pour **stationnement abusif** sans que la procédure de lettre recommandée préalable soit respectée.

Je m'en suis étonné auprès de la propriétaire, laquelle me répondit : **« Nous avons été surpris d'être sollicités par la gendarmerie** à propos de ce bus. Mon mari vous avait donné l'autorisation parce que vous aviez parlé de papa… »

Donc en résumé, « on » a demandé à ces gens d'en demander l'enlèvement. Mais c'est qui ce « on » alors ?

Le Défenseur des Droits ainsi que l'IGGN saisis de l'affaire m'ont répondu ne pouvoir intervenir dans une affaire judiciaire. Pardon, mais de quelle affaire parle-t-on là ?

Je suppute une décision personnelle de la Procureure de la République . Je lui ai écrit, sans réponse…évidemment…

Passant au tribunal en contestation des PV, j'ai été condamné à les payer vu que la Juge a considéré que la voie privée en question était un parking accessible au public ! Fermé du côté de la rue par une barrière, bah voyons…

J'avais décidé de faire Appel, mais j'ai confondu des dates et me suis retrouvé hors-délai. Tant pis, j'ai payé les PV.

Cependant, qu'allai-je faire de ce bus ? L'utilisation prévue étant compromise, l'immatriculation en France s'avérant plus que compliquée en raison de la différence de normes, il coule finalement une retraite paisible dans un camping où il me sert de résidence secondaire. De toutes façons je ne pouvais plus le conduire. J'ai reçu une lettre de la Préfecture suite à une dénonciation prétendant que je n'étais plus apte à conduire et m'enjoignant de passer une visite médicale. Des mois après, n'ayant pas donné suite, je devais passer cette visite avant telle date sinon annulation de tous mes permis. Bon, là ça devient craignos et je vais voir l'un des toubibs inscrits sur la liste de la Préfecture. Surprise, je tombe sur un toubib qui exerce à Colmar mais habite où ? A **W......** !

Bon, là je lui abandonne mon permis D puisque c'est ce qu'ils veulent finalement, être sûrs que je ne pourrai plus conduire ce bus. Mais le toubib ne renvoie pas son certificat et, tenez-vous bien, la dame du service concerné en Préfecture viendra le voir en consultation, au frais de la Sécu, pour le récupérer. Fallait qu'ils y tiennent, pas vrai ?

Bon bah là je vais devoir quitter mon logement. Faut dire que j'avais arrêté de payer mon loyer aussi donc c'était la suite un peu logique. Il y a bien eu une expertise concernant l'insalubrité mais n'ayant pas été contradictoire, elle en était sans valeur. Restait donc le litige concernant les charges. Eh bien, imaginez qu'une Juge trouva normal que des factures de gaz totalisant **14683 €** se transforment en **18991 €** sur le décompte de charges…Elle explique que la différence c'est l'**électricité exprimée en m3** et qu'elle concerne la production d'eau chaude…On va la croire…

Je ne suis pas convaincu que le promoteur y ait gagné pourtant. Des milliers d'euros d'impayés pour en récupérer quelques dizaines chaque mois, et un appartement resté inoccupé encore près d'un an ensuite…

Bien fait pour leur gueule, n'avaient qu'à être honnêtes !

Entretemps le confinement sera passé par là, mais moi j'm'en fous, je sors quand même avec une attestation griffonnée à la main. Le but c'est toujours des courses, mais en fait je sors surtout pour essayer d'aller faire rire les gens avec des conneries, et en conséquence cela me fait aussi beaucoup de bien. J'ai jamais été embêté, même la fois où je n'avais que des bouteilles de vin dans mon cabas…

En revanche, pour le masque, alors j'vous dis pas…Failli me retrouver en garde à vue parce que, dans le train, j'avais engueulé un gendarme qui me verbalisait pour un masque mal positionné alors que je dormais ! Et pourquoi pas pour ronflements intempestifs alors tant qu'il y était ? Une autre fois, le gars de la sécurité d'un supermarché refuse, toujours pour le masque sous le nez, de laisser encaisser mes achats. **Il me séquestre durant trente minutes,** jusqu'à l'arrivée des gendarmes. Comme je montre à la gendarmette ma pièce d'identité mais, à bon droit, refuse de la lui donner, elle exerce alors des violences en se couchant sur moi jusqu'arriver à me l'arracher de la main. Plainte à l'IGGN évidemment restée sans réponse.

Ah pour le PV dans le train, il y en eût une. Ma réclamation a été rejetée par l'Officier du Ministère public (un commissaire le plus souvent) qui se permet en plus toute une leçon de morale sur la pandémie.

Non mais…Je la lui ai renvoyée gentiment en lui précisant que l'arrêté parlait du port obligatoire du masque, sans autre précision, et que le jour où je fus verbalisé l'arrêté préfectoral précisant « couvrant la bouche et le nez » n'avais pas encore été publié.

Je lui écris qu'il s'ensuivait que si je tenais mon masque à la main ou s'il se trouvait dans mon froc, je le portais, mais qu'au contraire s'il avait été dans ma poche ou dans un sac, je le transportais, ce qui n'est pas la même chose. Je terminais sur « c'est peut-être con mais c'est imparable » Je n'en ai plus entendu parler, j'espère qu'il n'en est pas mort quand même…

Question logement, j'étais passé par un appart super sauf à être inchauffable même à grands frais. C'est marrant ça comme expression « inchauffable même à grands frais » alors que le frais c'est ce qu'on lui reproche ! J'y suis resté que quelques mois, mais c'est assez pour me créer des emmerdes.

Une auxiliaire de vie embauchée en CESU me donne toute satisfaction durant une semaine, ensuite prend des libertés avec ses horaires, arrive 30 minutes en retard sans s'en excuser et part 30' en avance sous un faux prétexte, ça ne va pas aller. Pourtant c'est elle qui le dimanche démissionne par sms et ne vient plus…Ah ouais mais il y a un préavis à respecter, Chère Madame. Direction les Prud'hommes. Et là elle invente une agression sexuelle en détaillant quasiment chaque minute de son intervention, à ceci près qu'elle prétend m'avoir préparé le repas avant de partir, et ce sans pouvoir dire ce qu'elle a cuisiné et alors qu'elle a laissé la gazinière encombrée de vaisselle propre… A l'audience, un sursis à statuer a été prononcé, la proc ayant demandé une expertise psychiatrique sur ma personne. Mais c'est un Toc chez ces gens-là ou quoi ? De toutes façons j'irai pas. Mais qu'est-ce qu'ils croient ? Pour quelle raison a-t-elle fait ça cette jeune dame ?

Eh bien cela a pour nom :« Prise d'acte de rupture » par laquelle une démission devient légitime et passible de dommages et intérêts en plus d'ouvrir des droits au chômage. Malin…

Tiens, son avocat me fait penser à un légume dont j'ai trouvé une image marrante

Mangez cinq fruits et légumes par jour, et n'oubliez pas les avocats ! N'est pas la moindre des choses puisque nous sommes dans une République bananière ?

Près d'un an après, je reçois un appel de la Gendarmerie qui doit donc me signifier la décision et désigner le médecin auprès duquel l'expertise se fera. Puisque je ne pas l'intention de m'y rendre, j'ai pas donné suite puis ai appris que la procédure est abandonnée. Ça veut dire quoi, ça ?

XII

Bon, ça y est j'ai encore déménagé…

Pas très grand l'appart, mais mignon de chez mignon, partiellement meublé, dans une maison du XVIIème avec des poutres, et dans une ruelle tranquille bordée d'un ruisseau. Bucolique !

Au début je n'y suis qu'un ou deux jours par semaine. Le reste du temps s'écoule dans mon bus que j'ai aménagé. Quatre couchages s'il vous plaît ! Et puis j'y ai accolé un abri de jardin en bois avec un auvent et de grandes baies vitrées donnant sur la rivière qui longe l'emplacement à quelques mètres. De surcroît je reçois la visite quotidienne d'un écureuil, ce qui est bien agréable. Dommage que l'été soit pourri car il pleut tous les jours…

C'est conséquemment début octobre que je m'installe véritablement mes quartiers d'hiver dans mon appartement.

Bizarre quand même. Lorsque je venais durant l'été, c'était sans grand enthousiasme et je comprends pourquoi aujourd'hui. Dans cet appart de 37m², j'étouffe, surtout le soir lorsque je veux m'endormir. Manque d'air…L'humidité résiduelle en provenance de la salle d'eau due au non-fonctionnement de la ventilation n'en est pas seule responsable puisque même après avoir ramené mon climatiseur et l'utiliser en fonction déshumidification, j'étouffe toujours.

Mais au fait, quelles sont les dimensions de cette chambre ? Mesures…7,5m² ? Mais c'est pas bon ça ! Et avec la hauteur arrive-t-on à 20m3 ? Ah bah non plus ! Je fais venir un métreur, le salon c'est pareil et en additionnant le tout, il ne totalise que 27m². Près de 25% de moins ! Ce faisant, ne respectant même pas les critères de décence, il ne pouvait pas être loué !!!

La Loi précise que, dans mon cas, le loyer est réduit proportionnellement à compter de l'envoi de la lettre recommandée.

Le lendemain, quelques coups à la porte, c'est mon proprio. Il me montre ma lettre. Oui ? Et alors ? Il a la main et la voix qui tremblent de colère. Il dit « ça m' plaît paaas…ça m' plaît paaas…» Le contraire m'eut étonné !

Le jour-même il m'adresse mon préavis au motif qu'il doit « loger son fils qui vient de décrocher un CDI dans la région » avec prière de libérer les lieux pour le 1er décembre. Rien de légal là-dedans, ni sur le contenu ni sur les délais. Fin de non-recevoir.

Cherchez la logique chez ce gars-là…le 6 décembre, par lettre recommandée en ligne SANS accusé de réception, nouveau préavis…pour « retards répétitifs de paiements du loyer et harcèlement. »

Sans rire ? Pour ma part j'ai continué à payer le loyer en temps et en heure au prix indiqué sur le bail et quant au harcèlement il est de son fait car des coups au plafond ont depuis résonné régulièrement la nuit. A deux reprises il débranchera aussi le chargeur de mon petit scooter PMR.

Le 24 décembre, nouvelle lettre recommandée par laquelle il consent à la diminution du loyer. Je n'en attends pas plus et l'applique à partir de l'échéance de janvier tout en récupérant légalement les deux mois de garantie qu'il avait « oublié » de reporter sur le bail.

Va encore finir au tribunal cette histoire ? Ah bah oui, mais c'est moi qui l'y assigne car il faut aussi contester le bail « meublé » alors qu'il ne l'est que partiellement et donc ne remplit pas les conditions imposées par la Loi.

J'ai aussi la preuve que l'appartement était loué en gîte pour des week-ends lors des absences du locataire précédent. J'avais heureusement changé la serrure.

Vous allez rire…moi pas. Ce Juge va me condamner sur tous les points et ira même jusqu'à prononcer mon expulsion du logement, sans considération pour mon âge, mon handicap, mes revenus. SDF !

Comme disait Coluche, il y a deux sortes d'avocats. Ceux qui connaissent bien les lois, et ceux qui connaissent bien le Juge. J'ajouterai que l'on ne peut exclure des connivences d'obédience, qu'elles soient maçonnes ou confessionnelles, suivez mon regard.

Et puis il y a aussi le proprio qui porte le même nom que le Secrétaire Général de l'Elysée et dont la fille, actuellement détenue en Iran pour espionnage, serait un agent de la DGSE. Intéressant, non ?

En attendant, le Jugement est exécutoire. Me voici donc à la recherche d'un pont, avec portes et fenêtres, et chauffage si possible…L'ai trouvé. La propriétaire est une dame vraiment charmante mais elle n'est malheureusement pas comprise dans la location…

Une satisfaction intense surviendra quelques mois après, preuve que des Juges intègres existent encore : le proprio véreux s'est fait ratatiner grave en appel, il doit déprimer.

XIII

Je viens de recevoir mes papiers militai-aires. Zut, me voilà en train d'écrire l'air qui me trotte en tête, car avec notre bouffon de président, je crains que nous n'en soyons pas loin...

J'ai effectivement reçu des papiers, mais c'est le réquisitoire du Procureur général près la Cour d'appel pour mon procès pénal. En résumé, il prétend mes accusations non fondées, lesquelles reposent manifestement sur la volonté de nuire, et particulièrement au Dr BW.

Je chercherais à me victimiser et à instrumentaliser la justice. Bah voyons...

J'attends maintenant la décision de la Cour qui se prononcera sur la poursuite de l'affaire ou la confirmation du non-lieu.

Celui-ci avait été décidé en dépit de la note adressée au Juge et qui aurait dû ouvrir la voie à un supplément d'information :

Note à l'attention de Monsieur le Juge d'instruction Jean-François KUHN :

Préalable :

Ayant pris connaissance des dénégations des personnes mises en cause, ce dont personne ne pouvait douter, je viens attirer votre attention sur le fait que n'ayant aucune confiance en votre Doyen, Monsieur ASSAL, je ne lui avais pas tout dévoilé dans ma plainte dont les éléments étaient sommaires. Je m'étonne qu'il ait fallu plus d'un an suivant l'Arrêt de la Cour d'appel (20 juin 2019) qui ordonnait le retour à l'instruction, et la délivrance des commissions rogatoires (2 juillet 2020)

Je ne m'étais pas trompé, votre confrère s'étant montré d'une partialité absolument indigne d'un magistrat. Le corollaire est malheureusement que sans poser les bonnes questions, il y a peu de chances d'obtenir de bonnes réponses, ce qui évidemment arrange pas mal de gens.

*C'est ainsi que n'ont pu être mises en évidence d'une part **la motivation** ayant pu animer les mis en cause, mais aussi d'autre part **le lien éventuel** entre chacun d'entre eux.*

De fait, depuis fin 2013, je n'ai cessé d'alerter et dénoncer par tous les moyens possibles, dont des plaintes et courriers à Monsieur ASSAL, sans que jamais suite n'y fut donnée, les agissements délictueux (escroqueries et maltraitance psychologique sur personnes vulnérables, jusqu'au racket) d'une société que le maire Lucien MULLER défend avec une ardeur suspecte. Ne pouvant accepter cette immiscion du public dans le privé, je ne manquai pas de le faire savoir.

C'est dès lors que je fus dans le collimateur de Monsieur Bernard LEBEAU, alors procureur de la République, comme cela a été annoncé lors d'une audience civile par l'avocat de ladite société, Maître Jean-Jacques Dieudonné.

Dès ce moment, j'en pris plein la gueule, comme l'on dit. Il fut même annoncé publiquement lors de l'assemblée de copropriétaires du 11 juin 2014, que **« tous les moyens seront entrepris pour se débarrasser de Monsieur LANTIN »** *sans que soit spécifié que ces moyens seraient légaux. C'est ainsi qu'un jour de 2019 les freins de mon scooter PMR furent sabotés, et ce n'est qu'un exemple...*

La société en question finit par se séparer de son co-gérant, le sieur Alexandre PERINEL, dont s'ensuivit la faillite de ce dernier. Je ne sais quels liens d'intérêts pouvaient unir les différents protagonistes, toujours est-il que ce ne me fut jamais pardonné, ce que peu me chaut, faut-il le dire, mais là est à mon sens le point de départ de tout ce qu'il m'est arrivé.

A ce sujet, vous pourrez prendre connaissance, en annexe, d'un article que j'avais rédigé sur le blog de Mediapart, et qui fut tout simplement supprimé par ce dernier à la demande d'une personne par moi non identifiée. A trois reprises en plus, alors qu'à la deuxième parution j'en avais soustrait tous les noms de lieu et de personnes, et qu'à la troisième ne subsistait plus qu'une partie du titre **« Mon docteur m'a tuer »** *sans plus aucun texte. Curieux tout de même alors que d'autres pamphlets à mon sens plus incisifs restent encore aujourd'hui accessibles.*

Sur la présente affaire :

Ceci étant, et avant de formuler des observations sur les éléments recueillis lors de l'enquête, permettez-moi quand même de m'étonner que, puisque mon audition par Monsieur ASSAL s'était mal passée et que j'avais conséquemment refusé d'en signer le procès-verbal, vous n'ayez pas cru nécessaire de m'entendre une nouvelle fois. Des informations importantes ont alors pu vous échapper. Chacune des dénégations des mis en cause est susceptible d'une réponse contradictoire que vous ne devriez pas me refuser dans le souci d'une bonne administration de la Justice. J'aurai quelques questions très embarrassantes à leur poser pouvant permettre de décrédibiliser les réponses faites lors de leur audition.

Dès lors, et par l'intermédiaire de mon avocat, je formulerai sans attendre une demande de confrontation que je vous saurai gré de bien vouloir m'accorder.

*J'ai été avisé par mon avocat qu'à ce stade je ne pouvais plus formuler de demande d'acte. Je le regrette évidemment mais comme l'enquête fut biaisée dès mon audition il me semble que ce droit devrait m'être accordé. Ainsi pourquoi, par exemple, Monsieur ASSAL a-t-il tant tenu à remplacer ma phrase concernant le Dr WETZEL « Je ne suis pas assuré » par « cela ne se fait pas entre voisins » qu'il a **dictée** à la greffière ?*

*En lien avec mon affaire, mais avec une qualification probable d'association de malfaiteurs qui pourrait s'ensuivre, je ne peux que suggérer que soit établie la chaîne des communications téléphoniques ayant suivi mon appel à Monsieur Dominique EHRHART, adjudant-chef du Corps de sapeurs-pompiers de Wettolsheim, au numéro 0630813003, en date du **08 février 2014 à 17h55'18"** précisément.*

Je ne serais pas surpris que vous y trouviez, entre autres, le Docteur WETZEL, le maire MULLER probablement, de même que le Docteur Yannick GOTTWALLES alors chef des urgences à Pasteur.

Par ailleurs, il serait intéressant de savoir

QUI *a appelé, le 11 juillet 2014 vers 14h15, le brigadier BOILLOT au Commissariat de Colmar ?*

QUI *a appelé vers 16 heures le gendarme m'auditionnant le 11 février 2017 (N° 2518/2016) ?*

QUI *a appelé le Dr KIRSTETTER à l'issue d'une visite à mon domicile le 9 novembre 2016 vers 11h50 ?*

QUI *a demandé à des automobilistes de me foncer dessus, le 12 janvier 2014 vers 9h30 (Chrysler Cruiser mauve 5021 YF 68) et coup sur coup le 15 janvier 2014 à 11h50 (VW noire CS 979 VB) et BMW noire (350 TS 68) pour m'éviter ensuite de justesse ?*

QUE *sont venus demander les gendarmes au Docteur GORI juste avant la consultation du 30 octobre 2017 suite à laquelle il m'adressa au Docteur HAMMANI ?*

QUI *a pu dénoncer à la Préfecture une supposée conduite dangereuse m'ayant obligé à subir un examen médical afin de conserver mon permis de conduire ?*

*A **QUI** un gendarme réserviste devait-il rendre des comptes en me suivant et me filmant partout ?*

QUI *a pu saboter les freins de mon petit scooter PMR* **en avril-mai 2019** *après lacération d'un pneu ?*

POUR QUELLES BONNES RAISONS *un gendarme, auquel je déclarai souhaiter déposer plainte contre le Maire Lucien MULLER pour « mise en danger de la vie d'autrui par manquement délibéré à une obligation de sécurité… » me supplia-t-il* **« non, s'il vous plaît ne faites pas ça…ça ne servira à rien »** *En plus c'était vrai, puisque classée…*

QUI *a mandaté une tentative illégale d'hospitalisation en milieu psychiatrique au prix d'une violation de domicile par infirmiers et forces de l'ordre ?*

POURQUOI *Monsieur GAUTHIER ordonna-t-il le 6 octobre 2018 une expertise psychiatrique (à laquelle je ne me suis pas soumis) suite à la plainte du Dr WETZEL, pour laquelle je fus relaxé ?*

Un nombre de « Qui ? » à faire pâlir « Vous savez bien, ceux qui... »
Alors je pense aux procureurs au rôle essentiel et trouble dans cette histoire.

« Les toilettes sont au fond de la Cour » comme l'on avait coutume de voir au siècle dernier dans les troquets et autres bistrots. A instruction de chiottes, jugement de chiottes. Le non-lieu est confirmé. J'ai les boules et elles n'ont rien à voir avec Noël...Une envie de faire justice moi-même m'envahit, et de fait me retrouver aux Assises serait un bon moyen de médiatiser l'affaire, sauf à risquer entretemps un stupide accident... Les protagonistes auront tiré la chasse d'eau sur leurs propres turpitudes. **Une certitude s'impose** : des promoteurs et proprios au Maire, et des toubibs aux avocats et au Juge d'Instruction, **ils ont envahi tous les rouages** de notre société. Ni les individus ni leur religion ne sont évidemment en cause, mais **leur esprit de caste**, celle-ci comme toute autre. « Si un goy frappe un juif, il faut le tuer, car c'est comme frapper Dieu » (Sanhedrin 58b)

"Celui qui s'oppose au système paie un prix incroyablement fort. Il est aussitôt humilié, marginalisé, licencié, placé sur écoutes illégales, menacé de mort. On le fait passer pour un déséquilibré. Sa voiture a un accident. Son appartement est cambriolé. Il sent physiquement une menace. J'ai éprouvé de la colère en entendant les récits de certains témoins.

Pour dix secondes d'honnêteté, ils ont vécu dix ans d'enfer. Ils ont payé leur courage au prix fort. Ils n'ont pas voulu se soumettre et ont été rejetés sur le bord du chemin. Ce sont des auditions comme celles-là qui vous font comprendre <u>l'influence des réseaux organisés</u> en France"

Eva JOLY
Notre affaire à tous p.146

"Je ne plierai pas

Je ne m'en irai pas en silence

Je ne me soumettrai pas

Je ne me retournerai pas

Je ne me conformerai pas

Je ne me coucherai pas

Je ne me tairai pas

Le courage c'est de chercher la vérité et de la dire,

ce n'est pas subir la loi du mensonge triomphant"

Jean JAURES

EPILOGUE

J'arrive au bout de mon histoire comme je me rapproche de celui de ma vie. C'est ainsi, qu'est-on finalement sur cette Terre qu'un minuscule grain de sable un jour emporté par le vent ?

On croit toujours pouvoir changer le monde alors qu'il convient seulement d'éviter qu'il nous corrompe. Plus il devient violent, ce qui est le cas en ce moment, plus je ressens de l'empathie pour les gens qui le subissent, les Palestiniens en premier lieu évidemment mais aussi tous ceux qui ne sont rien, les gueux, les sans-dents, ceux qui sont au bas de l'échelle sans avoir d'autre perspective que d'y rester, ce qui est même déjà pour certains une prouesse.

Il fut un temps où le jour avait une fin, où la musique de Jean-Michel Colombier et les hommes volants de Jean-Michel Folon nous invitaient à nous accouder au bord de la nuit avant que celle-ci prenne possession de nos rêves...
Mais aujourd'hui le réveil nous fait mal, nous avions oublié que l'Homme, hormis construire des autoroutes, ne sait que détruite et détruire encore.
Le monde était un jardin, il en a fait un magasin. Nous avions un monde à vivre, il en a fait un monde à vendre.

L'avenir c'était vraiment mieux avant.
Alors ne nous demandons pas pourquoi nous pleurons, demandons-nous plutôt ce qui pleure en nous... »

Car la guerre mondiale est à nouveau à notre porte. les Amerloques la déclencheront lorsque la Russie se sera suffisamment affaiblie en Ukraine, et Macron, en chef de guerre rêvé, entamera alors son troisième mandat puisqu'aucune élection ne se tient en période de conflit majeur...

Alors voyez, je ne vais pas pleurer sur mon histoire et vous non plus j'imagine. Elle fait partie de mon existence dont j'ai eu le privilège qu'elle soit intéressante. Une belle vie en somme.

« La vie est une aventure audacieuse, ou elle n'est pas »

*

« Il devait être un peu fêlé
Mais pot de terre n'a pas cédé
Les pots de vin ayant tremblé
Faillirent potes vains se retrouver
Le pot de terre n'est pas à terre
Et ne pouvant être devins
Les pots de vin valent moins de vingt
Ce dont bien sûr a ri pot d' terre »

*

Le 18 décembre 2023

Dépôt légal : Août 2024
ISBN : 978-2-3225-3671-9

Édition : BoD – Books on Demand,
info@bod.fr
Impression : BoD – Books on Demand, In de Tarpen 42, Norderstedt (Allemagne)
Impression à la demande